PROFIL D'U[illegible]
Collection créée par [illegible]

Les Mots

(1964)

Jean-Paul Sartre

Jacques Deguy
Ancien élève de l'École normale supérieure
Agrégé de lettres classiques
Professeur des Universités

Sommaire

© HATIER, Paris, août 2005 ISSN 0750-2516 ISBN 978-2-218-75091-5

Les indications de pages renvoient à l'édition Gallimard, collection « Folio » (2005).

Édition : Alice De Wolf
Maquette : Tout pour plaire
Mise en page : Graphisme

FICHE PROFIL

Les Mots (1964)

Jean-Paul Sartre (1905-1980)

Autobiographie (récit d'enfance) XXe siècle

RÉSUMÉ

Première partie : « Lire ». – Né en 1905, le petit Jean-Paul Sartre, surnommé Poulou, est orphelin de père. Il s'installe avec sa mère Anne-Marie chez son grand-père maternel, Charles Schweitzer. Le vieillard et son entourage jouent en permanence une « comédie familiale » (p. 78) qui éloigne Poulou du monde réel. Il se réfugie dans les livres de la bibliothèque. Il lit aussi des illustrés. Mal à l'aise à l'école, il reçoit à domicile des leçons particulières. Mal à l'aise dans son corps, il se ridiculise en société. Mais il aime aller au cinéma et jouer au héros, en simulant des combats à l'épée lorsque sa mère se met au piano.

Deuxième partie : « Écrire ». – Poulou commence un « Cahier de romans » (p. 117) en recopiant les aventures de ses héros préférés. Inquiet de voir son petit-fils envisager une carrière d'écrivain à part entière, Charles Schweitzer lui suggère de choisir la carrière plus réglée d'un enseignant de lettres : il pourra d'ailleurs écrire dans ses moments de liberté. L'enfant s'interroge sur la place de l'écrivain dans la société. Il désire être reconnu, sans être certain d'arriver à ses fins. Sartre adulte se remémore ses pensées d'enfant de dix ans, ses illusions et cette curieuse vocation qui fit, pour lui, de la littérature une chose sacrée. Il a changé, sans totalement renier son projet initial.

PERSONNAGES PRINCIPAUX

- **Le grand-père** : « homme du XIXe siècle » (p. 54), ce professeur d'allemand, auteur de manuels scolaires, est présenté par Sartre comme un dangereux manipulateur. Il est ainsi le premier responsable de l'illusion qui consiste à privilégier les mots par rapport aux choses et aux êtres.

- **La mère, Anne-Marie** : Veuve à vingt-cinq ans, elle apparaît à Poulou plus comme une sœur aînée que comme une mère. À l'opposé du grand-père, elle arrive à sortir l'enfant de son isolement.
- **Le père, Jean-Baptiste** : Absent du récit, comme de la vie de l'enfant, ce père « mort en bas âge » (p. 18) a quand même une fonction importante. C'est justement parce qu'il a disparu que Sartre peut affirmer sa propre liberté.
- **Poulou et Sartre** : Narrateur et personnage du récit d'enfance sont séparés par toute l'expérience acquise par l'adulte. Cela explique en partie la supériorité du point de vue de cet adulte sur l'enfant qu'il fut. De fait, Sartre n'est guère indulgent pour Poulou.

CLÉS POUR LA LECTURE

1. *Les Mots* comme autobiographie

Le livre écrit à la première personne présente un récit rétrospectif et éclairant des premières années de Sartre. Il y a identité entre l'auteur (celui qui a signé le livre), le narrateur (celui qui raconte l'histoire) et le personnage principal.

2. *Les Mots* comme fiction

Sartre utilise dans son récit une série d'artifices propres à l'art romanesque. En particulier, il campe des personnages cohérents et contrastés. Le grand-père se voit enfermé dans l'emploi du vieillard manipulateur, tandis que la mère a droit à tous les égards. Poulou est lui-même présenté en situation de faiblesse constante, au prix d'une sélection orientée des souvenirs de l'auteur.

3. *Les Mots* comme satire

Sartre utilise des procédés comiques pour donner à son réquisitoire un tour constamment plaisant. Une série d'effets stylistiques donnent à ce livre écrit contre l'enfance une vigueur drolatique qui atténue la dureté de la démonstration.

PREMIÈRE PARTIE

Résumé et repères pour la lecture

PREMIÈRE PARTIE : « LIRE »

PAGES 11 À 35

La famille[1]

RÉSUMÉ[2]

Les ancêtres du petit Jean-Paul – surnommé Poulou – sont évoqués avant même la naissance de l'enfant en 1905. Du côté de sa mère, les Schweitzer – la branche alsacienne – se signalent par un mélange de conformisme et de fantaisie. Un arrière-grand-père instituteur se fait « épicier » (p. 11), engendre un fils négociant, Auguste, et un fils pasteur, Louis, père lui-même d'un autre pasteur célèbre, Albert Schweitzer[3]. Son troisième fils, Charles (Karl en alsacien), après quelques aventures, devient professeur d'allemand. Marié à Louise Guillemin, il en a trois enfants : Georges, polytechnicien puis directeur d'usine, Émile, professeur d'allemand comme son père, et Anne-Marie, la mère de Poulou. Du côté des Sartre, le grand-père est « un médecin de campagne » (p. 15) installé à Thiviers, qui engendre aussi trois enfants : Jean-Baptiste, Joseph et Hélène. Officier de marine, Jean-Baptiste épouse Anne-Marie Schweitzer en 1904. Malade de fièvres contractées en Orient, il meurt en 1906, après avoir fait « un enfant au galop » (p. 16) : Jean-Paul Sartre.

« Sans argent ni métier » (p. 17), Anne-Marie s'installe avec l'orphelin chez ses parents, à Meudon puis, en 1911, à Paris,

---

1. Ces titres ont été créés par l'auteur du Profil afin de marquer les différentes étapes de ce récit.
2. Pour ce résumé, « Sartre » désigne le narrateur adulte et « Poulou » le personnage enfant, réunis dans le texte par la même première personne autobiographique. Bien entendu, tous les commentaires – résumés – sont ceux de l'auteur des *Mots*, et non de l'auteur du « Profil ».
3. *Albert Schweitzer* (1875-1965) : théologien protestant, organiste et médecin. Il partit soigner les lépreux en Afrique et reçut en 1952 le prix Nobel de la paix.

rue Le Goff. Oubliant vite un père qu'il n'a pas eu le temps de connaître, Poulou considère sa mère comme une grande sœur complice et aimée. Tous deux sont sous la tutelle du « patriarche » (p. 21), qui adore prendre la pose devant le photographe et jouer à « l'art d'être grand-père[1] » (p. 22), sur le modèle de son auteur préféré, Victor Hugo vieillissant. En fait, tout le monde joue son rôle dans cette « comédie familiale » (p. 78), y compris Poulou, qui joue à l'« enfant sage » (p. 24). Se gardant de toute conduite qui déplairait aux adultes, il invente des mots « "au-dessus de [son] âge" » (p. 28) : « Un seul mandat : plaire » (p. 29). Malgré une grand-mère qui le soupçonne de cabotinage, Poulou se dévoue corps et âme au couple que forment Charles et Louise, « Karl et Mamie » (p. 31).

Pour faire vivre la famille, le grand-père a fondé l'Institut des Langues Vivantes, où des élèves, pour la plupart d'origine allemande, viennent se perfectionner en français. À la fête de l'Institut, Poulou est déguisé en ange, « en robe de mousseline bleue, avec des étoiles dans les cheveux, des ailes » (p. 34). Malgré l'occupation de l'Alsace-Lorraine par la Prusse depuis la défaite de 1870, il y a donc de « bons Allemands » (p. 34) que l'enfant rencontre à l'occasion de voyages dans les villages où sont restés quelques membres de la famille Schweitzer.

REPÈRES POUR LA LECTURE

Une généalogie burlesque

Plutôt que de commencer par lui-même, Sartre remonte en amont de plus d'un demi-siècle, « aux environs de 1850 » (p. 11), avec l'évocation de son arrière-grand-père maternel, Philippe-Chrétien Schweitzer, qu'il ne nomme pas : le patronyme n'apparaît qu'avec le membre le plus célèbre de la famille, Albert, celui qui reçut le prix Nobel en 1952. Ce demi siècle est ramassé en moins de six pages (p. 11-16), avec un effet d'accélération qui fait sourire. Un début de récit doit donner le maximum d'in-

1. Titre d'un recueil de poésies publié par Hugo en 1877, huit ans avant sa mort.

formations au lecteur, mais sans l'ennuyer. Par ce sommaire aux phrases courtes, truffées d'antithèses et de rebondissements, le début des *Mots* répond avec brio à ces contraintes de l'*incipit* romanesque. Introduites par un narrateur qui les présente comme un M. Loyal présenterait les numéros d'un cirque (« À qui le tour ? », p. 11), les personnages se bousculent. À la pompe des généalogies bibliques se substituent les apparitions sur la piste d'« une écuyère » (p. 11) poursuivie par Charles, d'un « Auguste » (p. 11), et d'un aïeul prestidigitateur qui fabrique un « pasteur en un tournemain » (p. 11). Louise Guillemin, la grand-mère, est décrite comme l'héroïne désenchantée d'un récit de Maupassant, avec son mariage malheureux et son ironie permanente. Du côté des Sartre (la branche paternelle), le « médecin de campagne » (p. 15) – titre balzacien ! – et sa lignée n'ont droit qu'à une petite page (p. 15-16), signe du désintérêt de l'auteur à leur égard. Dans le *tempo* très rapide qui leur est réservé, les ancêtres sont traités sur le mode comique de la satire ou du pastiche.

Deux portraits différents : la mère et le grand-père

Anne-Marie a droit à un autre ton. Avec son histoire triste, c'est le pathétique qui tempère un temps la satire familiale. Victime comme sa mère de l'infériorité des femmes dans la société de la « Belle Époque », elle repasse avec son veuvage sous le joug de son père, dans une régression infantile qui la rapproche de son fils. Comme lui, elle ne possède rien. Elle « se dévoue à tous » (p. 29). Les « enfants » (p. 20) dorment dans la même chambre. Ils semblent unis par une identique faiblesse en face du « patriarche » (p. 21), le chef de famille qui a pris le relais du père « mort en bas âge » (p. 18). Sartre fait apparaître Charles Schweitzer dès la première page du livre, signe de son importance dans sa vie et dans le récit. Il brosse par larges touches un portrait négatif, en opposition avec celui de sa mère. Comédien incorrigible, toujours en quête d'un public, il apparaît comme la copie dégradée d'une image biblique (➞ LECTURE 1, p. 99). Il se fait aussi la tête de Victor

Hugo âgé et joue comme lui à « l'art d'être grand-père » (p. 22). Soucieux de son apparence, il prend des poses étudiées, devant l'objectif d'un photographe invisible, se fixant dans « des images raides de lanterne magique » (p. 23). Sartre le traite par la caricature, en soulignant certains détails : par exemple, il cite au style direct, entre guillemets, des propos plus ou moins ridicules (un début de discours de distribution des prix et une plaisanterie en famille (p. 12) qui sont ses premiers mots dans le texte). Mais cet oppresseur vieillissant impose sa loi à Poulou.

Premières apparitions de l'enfant

Sartre ne s'embarrasse pas à reconstituer la chronologie précise de ses premières années. La mort de son père en 1906, le déménagement de Meudon à Paris en 1911 sont les seules dates mentionnées quand il évoque sa « vie entre 1905 et 1914 » (p. 35). Seul compte pour lui le portrait moral d'un petit conformiste dont on s'aperçoit très vite qu'il n'est pas sympathique à l'adulte qui tient la plume. C'est une des surprises de cet *incipit* : le livre affiche son refus du narcissisme et de l'attendrissement habituels aux souvenirs d'enfance. Un narrateur omniprésent, omniscient et juge constant de ses actions passées dénonce la passivité de Poulou, docile reflet des adultes, soumis aux lubies du grand-père. C'est une vision du monde hiérarchisée par les valeurs de la famille bourgeoise qui lui tient lieu de pensée. Il manque d'audace, et pour tout dire de personnalité. À la fête de l'Institut des Langues vivantes, il apparaît « en robe de mousseline bleue » (p. 34), avec des ailes d'ange. Ce costume symbolise une perte d'identité, y compris sexuelle, une existence désincarnée, coupée du monde réel.

La lecture

RÉSUMÉ

La bibliothèque-bureau de Charles, le grand-père, est le lieu où Poulou découvre le monde par les mots plutôt que par les choses. Avant même de savoir lire, il manipule avec respect les livres, objets d'un culte mystérieux dont Charles lui semble le grand prêtre. Les lectures de Mamie sont moins sérieuses. Charles a écrit certains ouvrages pédagogiques, comme le *Deutsches Lesebuch*[1] dont chaque réédition entraîne des commentaires sur les conflits entre éditeur et auteur. Exigeant d'avoir ses propres livres, Poulou se bat avec les signes écrits d'un volume de *Contes*, comparant ceux-ci avec le récit oral que lui fait régulièrement sa mère. À force de réfléchir à ces comparaisons, il apprend l'alphabet et réussit enfin à déchiffrer tout seul un récit d'Hector Malot, *Sans famille*.

Sachant lire, il part à la conquête de la bibliothèque familiale. Les mots nouveaux et compliqués, les planches illustrées des albums sont pour lui autant d'aventures étranges. Le Grand Dictionnaire Larousse lui présente tout l'univers classé par ordre alphabétique, dans une ordonnance que le monde réel ne possède pas. La vraie vie se trouve dans les livres, avec une chaleur et une « folie » (p. 45) qui tranchent sur la grisaille du quotidien. La lecture des classiques de la littérature ouvre des horizons insoupçonnés sur la nature humaine et ses passions. Lisant les tragédies de Corneille, il est indigné par l'intrigue d'*Horace*, qui présente un frère fratricide. La fin de *Madame Bovary*[2] lui donne le vertige, incapable qu'il est de comprendre les raisons de la mort de Charles Bovary, tout en devinant le mystère insondable du malheur de l'amour.

1. *Deutsches Lesebuch* : livre de lectures allemandes.
2. Roman de Gustave Flaubert (1857).

Le grand-père en profite pour indiquer à Poulou combien la littérature et l'art en général sont les manifestations les plus élevées du génie humain : « J'avais trouvé ma religion : rien ne me parut plus important qu'un livre » (p. 51). Le narrateur adulte s'interroge sur ce goût du sublime et sur l'effort qu'il fera pour redescendre plus tard dans le monde réel. Charles, humaniste et idéaliste, parle des écrivains à son petit-fils : il préfère les morts aux vivants, et ceux en général dont la biographie reste discrète. « Homme du XIXe siècle » (p. 54), il impose ses idées à l'enfant.

Poulou aime les livres, dans leur matérialité. Il aime manier les reliures. Ce sont ses « poupées » (p. 57). Et les auteurs sont ses premiers compagnons familiers. Cette « Comédie de la culture » (p. 61), encouragée par l'entourage, est doublée par de « *vraies* lectures » (p. 61) : la mère lui achète en effet des revues illustrées destinées aux enfants, des recueils de contes, des romans d'aventures. Lectures « clandestines » (p. 64), que désapprouve le grand-père, elles enchantent l'imagination de Poulou par leurs intrigues où les bons triomphent immanquablement des méchants (p. 63-64).

REPÈRES POUR LA LECTURE

Le récit d'une initiation

Apprendre à lire, voilà un épisode capital pour un récit d'enfance, en particulier pour l'enfance d'un futur écrivain. Le verbe « Lire » donne d'ailleurs son titre à la première partie de l'œuvre. Sans préciser l'âge auquel il connaît cette initiation, Sartre en reconstitue la chronologie avec un grand souci des détails pittoresques. D'abord le contact physique avec des livres-jouets (« mes poupées », p. 57), présents dans le bureau du grand-père, dont l'attitude quasi religieuse à leur égard impressionne l'enfant. La grand-mère lit aussi des livres, empruntés à un cabinet de lecture (le plaisir contre la profession ? un usage féminin contre un usage masculin ?). Mais c'est avec sa mère, initiatrice par excellence des progrès de son fils, que Poulou a l'intuition de la nécessité du texte écrit contre la libre contingence de l'invention orale. En l'écoutant lire une version imprimée du conte « Les Fées » (p. 39-41) – un titre bienvenu pour désigner le vrai rôle d'Anne-Marie dans le texte – il éprouve un vertige (l'absence de cette mère chérie) qui prélude à la révélation de la richesse de l'univers livresque.

Les excursions dans la bibliothèque

Les pages 42 à 49 comptent parmi les plus célèbres des *Mots.* Équilibrant le souci de vérité psychologique (la peinture des sentiments de l'enfant) et la méditation de l'adulte (l'origine de son goût pour les livres), Sartre file une métaphore. Il raconte une étrange métamorphose, celle de ses aventures dans les rayons de la bibliothèque familiale, qui se substituent aux vraies aventures qui lui sont refusées dans le monde réel. Privé du contact direct avec les choses (c'est pour Sartre une marque négative de toute éducation bourgeoise), l'enfant va jusqu'à risquer physiquement sa vie (il lui faut « grimper sur les chaises, sur les tables, au risque de provoquer des avalanches qui [l]'eussent enseveli », p. 42) pour partir à la conquête des territoires nouveaux d'un savoir inconnu. C'est illustrer avec force l'expression bien usée d'« aventure intellectuelle ». Particulièrement brillante est l'évocation du dictionnaire, avec ses tomes divisés selon un ordre alphabétique arbitraire qui devient pour l'enfant le découpage nécessaire des régions du savoir (p. 44).

Les deux cultures

À l'occasion de cette initiation aux mots écrits, on retrouve l'opposition entre le grand-père et la mère, moins personnages que fonctions, moins personnes que forces antagonistes dans le champ du récit. Avec Charles, l'enfant se confronte aux grands textes du passé, même si ce sont des lectures au-dessus de son âge, comme le roman de Flaubert. Avec Anne-Marie, il découvre la fantaisie des illustrés, des romans-feuilletons, de la littérature de jeunesse. D'un côté, un humanisme rétrograde. De l'autre, la fraîcheur de la vie. Le narrateur adulte ne renie pas totalement le contact prématuré qu'il eut avec les « classiques ». Mais il se reconnaît un goût pour ce qu'on a appelé depuis la « paralittérature », c'est-à-dire ce que lisent ceux qui n'ont pas « hérité » de la culture bourgeoise. Sans le savoir, la mère a rapproché son fils des pratiques culturelles des couches populaires. Il y a chez l'auteur une reconnaissance politique de l'action positive d'Anne-Marie.

PAGES 65 À 112

Autres apprentissages

RÉSUMÉ

L'école (p. 65-70) : Le grand-père décide de scolariser l'enfant dans une petite classe du Lycée Montaigne à Paris. Une dictée catastrophique arrête net l'expérience. Un deuxième essai, à l'école communale d'Arcachon, où séjourne la famille, met Poulou en présence d'un instituteur, M. Barrault, qui l'impressionne. Mais un graffiti injurieux pour l'enseignant, tracé sur le mur de l'établissement, fait vaciller ce respect. Une troisième tentative, dans une école privée parisienne, l'Institution Poupon (p. 68), ne dure pas plus d'un semestre. Pour sa scolarité primaire, Poulou ne recevra plus que des leçons particulières avec des précepteurs à domicile.

Le rapport aux autres (p. 70-98) : Condamné à l'imposture par « la comédie familiale » (p. 78), Poulou soupçonne les adultes, qui le façonnent à leur image, d'un mensonge analogue au sien. Sans père, sans propriété et sans héritage, il n'a pas conscience d'exister de façon autonome. Quelle différence d'avec M. Simonnot, collègue du grand-père, qui est capable de donner ses impressions sur n'importe quel sujet et dont l'absence même est remarquée à la fête de l'Institut. Par comparaison, Poulou se sent superflu, réduit à l'état de « vermine stupéfaite », de « chien », de « mouche » : « le petit comédien hagard retombait dans la stupeur animale » (p. 78). C'est l'occasion pour lui de s'effrayer de la mort physique, prolongement direct de cette inexistence sociale. Croire en Dieu aurait pu le sauver. Mais sa famille, sans être athée, n'est guère pieuse. Par tradition luthérienne, le grand-père se moque des rites du catholicisme, religion de Louise, son épouse. Baptisé, Poulou fait sa prière quotidienne et suit le jeudi le catéchisme chez l'abbé Dibildos, jusqu'à la remise d'une composition écrite sur la Passion du Christ qui n'obtient pas la récompense espérée. Vexé, Poulou se détache des rites et de Dieu lui-même.

Il commence à douter de son image. Sa disgrâce physique devient évidente le jour où le grand-père, en cachette des femmes, fait couper les belles boucles blondes qui, jusqu'à sept ans, donnaient au petit garçon l'allure d'une fillette. Anne-Marie en pleure de chagrin. Un œil droit malade achève de transformer la « merveille » (p. 22) en « crapaud » (p. 87). Il connaît d'autres disgrâces, sociales cette fois, à l'occasion d'expériences où son mérite n'est pas reconnu. Lors de la représentation d'une pièce patriotique écrite par le grand-père en 1914, on lui préfère des camarades moins maniérés que lui. En novembre 1915, Mme Picard, une amie de la famille, lui offre un carnet dans lequel l'enfant est invité à répondre à des questions. Une réponse que les adultes jugent ridicule le couvre de honte : il va grimacer devant un miroir pour exorciser sa monstruosité.

« Chérubin défraîchi » (p. 91), il se réfugie dans l'orgueil. Il se raconte des histoires, calquées sur les romans-feuilletons achetés en kiosque. Champion du Bien contre le Mal, il rejoue dans sa tête les fantasmes vengeurs de la France d'avant 1914, revancharde et cocardière. « L'agressivité nationale et l'esprit de revanche faisaient de tous les enfants des vengeurs » (p. 97).

Le cinéma et la musique (p. 98-112) : Les écrivains bourgeois se rappellent toujours leur première soirée au théâtre. Sartre préfère évoquer sa découverte du cinéma muet, nouveau divertissement alors méprisé des élites. Sa mère l'emmène dans la salle du Panthéon. Tout y fascine Poulou : les aléas techniques de la projection, le public populaire, l'intrigue du film et la lumière violette des lampes de secours. Accompagnant la séance, le piano commente l'action par des extraits d'œuvres célèbres. C'est aussi grâce au piano joué chaque soir par Anne-Marie que l'enfant décide de « vivre en musique » (p. 104). Enivré par les sons, il se dépense dans des batailles imaginaires en défendant toujours la veuve et l'orphelin, héroïque comme Michel Strogoff, le personnage de Jules Verne, ou le chevalier de Pardaillan[1].

Reste « une autre vérité » (p. 111) : au jardin du Luxembourg, confronté aux autres enfants pleins de vie et de santé, Poulou ne rencontre qu'indifférence. La tendresse de sa mère ne peut pas effacer totalement ce sentiment d'exclusion et de solitude.

REPÈRES POUR LA LECTURE

Poulou à l'école

Depuis *Le Grand Meaulnes* d'Alain-Fournier et la série des *Claudine* de Colette, de nombreux textes du XXe siècle consacrés à l'enfance font une place de choix à l'une des conquêtes majeures de la IIIe République : l'école communale, laïque et obligatoire. Surprotégé par le grand-père, Poulou va de fait échapper à l'enseignement primaire collectif. Dans la tradition pédagogique d'un Montaigne ou d'un Jean-Jacques Rousseau, l'enfant se voit en effet confié à des précepteurs particuliers, à commencer par son aïeul. Le narrateur adulte juge sévèrement cette mise à l'écart des autres enfants, qui se révèle pathétique quand il veut jouer avec les autres dans les jardins du Luxembourg (→ LECTURE 4, p. 121). Le seul souvenir scolaire sera celui de la découverte d'une injure écrite sur le mur de l'école d'Arcachon. De l'apprentissage collectif du savoir, dont Sartre ne dit rien, nous glissons vers

1. Héros d'une série de romans-feuilletons de Michel Zévaco (1860-1918).

l'intuition individuelle de la violence du monde (→ LECTURE 2, p. 106). Appliquant une stratégie systématique de déception de son lecteur (et de sa réorientation sur des sujets différents), Sartre détourne ainsi, par sa vie atypique, les clichés attendus du récit d'enfance traditionnel.

Poulou en société

Faute de petits camarades, l'enfant en est réduit au monde étroit de la famille, avec ses perpétuelles comédies : c'est le « cabotinage » familial (p. 71. Le terme, réservé aux mauvais comédiens, est aussi à rapprocher du « cabot », ce chien ridicule dont Poulou prend parfois l'apparence). Pour dénoncer ce théâtre permanent, Sartre multiplie les scènes comiques comme la pièce patriotique du grand-père en 1914, où Poulou tire la barbe postiche d'un autre petit acteur et s'attire la réprobation des parents (p. 88). La grotesque Mme Picard est l'occasion d'une autre humiliation, avec l'épisode du carnet de cuir rouge sur lequel l'enfant écrit une sottise patriotique (p. 89-91). Se succèdent ainsi, de façon très vivante, des saynètes dont Poulou est le héros ridicule, entouré d'adultes qui ne le sont guère moins. Les amis de la famille sont caricaturés avec férocité, comme M. Simonnot, « ce quinquagénaire aux joues de fille qui cirait sa moustache et teignait son toupet » (p. 75), incarnation de l'esprit de sérieux, avec son allure de pantin.

Poulou dans ses rêves

« Enfant imaginaire, je me défendis par l'imagination » (p. 94) : Sartre consacre beaucoup de pages à décrire les conduites de compensation de l'enfant déçu par une réalité sur laquelle il n'a aucune prise. Cette partie des *Mots* offre une mine de renseignements sur le rêve éveillé (alors qu'aucun rêve nocturne n'est recueilli : Sartre ici se démarque de Freud). Conséquence pratique des « *vraies* lectures » (p. 61) et du cinéma (→ LECTURE 3, p. 112), ce refuge dans l'imaginaire prend diverses formes. Poulou se raconte des histoires dont il est l'invincible héros, d'abord chaque soir, dans son lit, avant de s'endormir (p. 96). Puis, sur le modèle des séances de cinéma muet (le film est accompagné par un piano), il décide, lorsque sa mère joue au salon en fin d'après-midi, « de perdre la parole[1] et de vivre en musique » (p. 104). Fort de ses recherches des années 1930 sur l'image et l'imaginaire, Sartre évoque les délires de Poulou comme pour illustrer cette spectaculaire adhésion à la fiction que suppose la rêverie. Le coupe-papier devient un poignard, objet transfiguré par l'investissement de l'imaginaire (le philosophe appelle cela un *analogon*). Rendu plus frappant par le recours intermittent au présent de narration, le roman de cape et d'épée que vit l'enfant l'entraîne dans un autre monde, où il éprouve les gammes variées des sentiments, de la fierté héroïque à la mélancolie. L'intensité de ces séquences rappelle, dans l'œuvre sartrienne, les hallucinations qui hantent Roquentin[2] dans *La Nausée*, lorsqu'il est assis dans un jardin public, en face d'une racine de marronnier. Mais dans le roman de 1938 ces images naissent de la perception fascinée du réel, tandis que pour Poulou elles sont le produit d'une conscience qui a choisi de créer ses propres images. Illustrer une recherche philosophique sur l'imaginaire par un pastiche de roman-feuilleton, tel est l'un des tours de force de cette section du livre.

---

1. Et non pas « prendre la parole », comme l'indique fautivement l'édition « Folio » depuis 1972 (p. 107 en 1983, p. 104 en 1991 et en 2005).
2. Personnage principal de ce roman paru en 1938.

DEUXIÈME PARTIE : « ÉCRIRE »

PAGES 115 À 170

La conversion à l'écriture

RÉSUMÉ

Les premiers romans (p. 115-126) : Charles Schweitzer, écrivain de circonstance, correspond en vers avec son petit-fils, qui s'exerce à la fabrication des alexandrins. En passant de la poésie à la prose, l'enfant répète par écrit ses rêveries inspirées des récits d'aventures. Il commence un « Cahier de romans » (p. 117), émerveillé de fixer par des signes un monde imaginaire qui ainsi devient vrai. Il n'invente rien, plagiant ses feuilletons favoris en se bornant à de « légères altérations » (p. 118). Comme ses modèles, il farcit ses intrigues de développements didactiques. La famille encourage cette activité nouvelle, à l'exception notable du grand-père qui ne trouve aucun intérêt au *Marchand de bananes* (p. 119), pourtant recopié de la main d'Anne-Marie. Réduit à la « semi-clandestinité » (p. 120), Poulou écrit alors pour son plaisir, compliquant les aventures, refusant la vraisemblance. Dans *Pour un papillon* (p. 121), le héros blessé met à lui tout seul une armée en déroute. Les pires atrocités l'attirent, comme le surnaturel, qui était à la mode en ce début de siècle. Sartre se rappelle une nouvelle lue dans le journal *Le Matin*, où le vent de la Mort secoue les branches d'un marronnier, tuant de frayeur une jeune femme. Jouant de son pouvoir absolu sur les créatures issues de sa plume, l'écrivain en herbe livre ses personnages aux monstres issus de son imagination, sans les faire disparaître de façon définitive. Sartre regrette d'avoir perdu ces « étranges "romans", […] bric-à-brac de contes noirs et d'aventures blanches, d'événements fantastiques et d'articles de dictionnaire » (p. 126). Ils furent le moyen d'échapper à « la comédie familiale » (p. 78) : « Je suis né de l'écriture » (p. 126).

La vocation imposée (p. 126-135) : La question du devenir de l'enfant préoccupe la famille, qui s'accorde à voir en lui un futur écrivain. Mais le grand-père se méfie des gens qui ne vivent que de leur plume. Il se rappelle avoir aperçu en 1894 le poète Verlaine entrer ivre dans un café. Il préfère voir son petit-fils embrasser la carrière de professeur de lettres, suivant « la voie royale » (p. 128) de l'École normale supérieure et de l'agrégation. Il écrira, durant les loisirs laissés par ce métier, des œuvres de circonstance. Impressionné par ces propos où l'écriture est présentée comme une activité adulte, secondaire et austère, Poulou leur prête une oreille attentive. Il doit apprendre à voir, pour ensuite pouvoir décrire. Cette fonction de « greffier » (p. 132) pourra être sauvée par le « style » (p. 132). Mais il est difficile à Poulou de renoncer aux exploits de Pardaillan[1] pour choisir une vie ordinaire, comme celle de Corneille (p. 132). Ainsi, dans ces conversations avec un vieillard qui ne croit pas au génie, s'est forgé le « destin » (p. 133) de Sartre, qui accepte, pour lui obéir, « la carrière appliquée d'un écrivain mineur » (p. 134). Cinquante ans après, l'écrivain s'interroge sur ce mandat et la façon dont il l'a rempli. Il prévient le lecteur qu'il « déteste [son] enfance et tout ce qui en survit » (p. 135) : si la voix de Charles Schweitzer a porté, c'est parce que l'enfant a repris à son compte cette vocation imposée.

L'écrivain, la société, la gloire (p. 136-162) : Devant l'écriture, Poulou connaît des crises à répétition. Il cherche à réunir héroïsme et littérature. Une gravure montrant la foule attendant le grand romancier Dickens sur le port de New York le frappe : un écrivain peut être désiré, attendu et admiré par la foule à l'égal d'un foudre de guerre[2]. On peut donc réconcilier Corneille et Pardaillan, le petit-bourgeois et le chevalier. Michel Zévaco fait bien se rencontrer, dans un épisode de son roman-feuilleton, Pardaillan et Cervantès, l'auteur de *Don Quichotte*, qui lient amitié. Même si l'attente est longue, l'homme de lettres finit par être reconnu

1. Héros d'une série de romans-feuilletons de Michel Zévaco (1860-1918).
2. *Un foudre de guerre* : un grand capitaine.

du public. Nombre d'entre eux ont d'ailleurs livré des combats dangereux, comme Victor Hugo exilé par Napoléon III. Encore faut-il trouver quelque chose à combattre. Ignorant tout des luttes politiques ou sociales dont le grand-père ne lui dit rien, Poulou doute un moment de sa mission. Se rappelant les préjugés de Charles, hérités de l'idéalisme esthétisant de Flaubert, il se voit plutôt dans le rôle d'une sorte de moine laïque, cherchant la voie du Bien par le culte de la Beauté pour s'arracher à un monde voué au Mal. Sartre avoue avoir adhéré de nombreuses années à cette religion de l'art : « j'y croyais encore à vingt ans » (p. 146) ; « je confondis la littérature avec la prière » (p. 147). Cette illusion vient sans doute de son amour excessif des mots : « pour avoir découvert le monde à travers le langage, je pris longtemps le langage pour le monde » (p. 149).

Poulou rêve d'une carrière obscure de professeur de province, par exemple dans la petite ville d'Aurillac. Sa mère lui évoque les joies simples d'une vie vouée à l'étude et à la famille, mais aussi permettant, la nuit, la rédaction d'œuvres que la postérité découvrirait en son temps. Dans un dialogue imaginaire avec le Saint-Esprit, il accepte d'être à la fois « élu » (p. 152) et ignoré. Arrivé au seuil de la vieillesse, il aurait la joie de voir un manuscrit publié par hasard et son nom devenir célèbre. Il recevrait alors des hommages inattendus, comme cet écrivain russe reconnu par une belle comtesse dans un train arrêté au fond de la Sibérie (p. 156).

Tout cela relève pour Sartre de rêveries morbides qui envahirent son enfance et selon lesquelles la gloire littéraire ne peut s'obtenir qu'au prix d'une mort au monde – réelle ou simulée. Il faudrait disparaître pour renaître sous la forme de livres qui vont remplir les rayons des bibliothèques et faire revivre l'auteur dans la conscience de millions de lecteurs anonymes (p. 158). Écrire devient alors un gage d'immortalité. Paul Nizan, ami d'enfance retrouvé plus tard, n'aura pas le même rapport au temps, vivant dans le présent plutôt que dans une anticipation de sa gloire posthume.

« L'illusion rétrospective » (p. 162-170) : Pour Sartre, le grand-père Schweitzer est de nouveau responsable de ce « mirage ». Il l'a élevé dans « l'illusion rétrospective », c'est-à-dire dans une fausse perspective sur soi-même, comme si l'on se prenait très tôt pour un futur grand homme. Puisqu'on connaît la fin de l'existence des grands personnages du passé, comme Robespierre ou Musset, on a en effet tendance à interpréter tous les épisodes de leur vie selon la logique d'un destin cohérent : « l'avenir plus réel que le présent » (p. 163).

Poulou fait ses délices d'un petit livre, *L'Enfance des hommes illustres*. Il s'identifie à ces enfants encore inconnus, qui deviendront Rousseau, Bach ou Molière. Tout événement, anodin d'apparence, annonce dans ces biographies le développement futur de leur génie. De même, Poulou ne perçoit plus ce qui lui arrive quotidiennement sur le mode du hasard, mais comme les signes prémonitoires d'un destin privilégié.

REPÈRES POUR LA LECTURE

Un récit de vocation paradoxal

Sartre a toujours voulu comprendre pourquoi et comment on devient écrivain. Déjà en 1943, à la fin de *L'Être et le Néant*, il s'interrogeait sur la vocation littéraire de Gustave Flaubert dont certains commentateurs férus de psychologie comme Paul Bourget lui semblaient donner une version inexacte. C'est sur ce même Flaubert et avec cette même question que se terminera en 1972 sa propre œuvre critique : *L'Idiot de la famille*, immense essai inachevé qui s'arrête au seuil de l'élaboration de *Madame Bovary*[1]. À travers les premières tentatives de cet auteur est reconstitué le « roman vrai » de son passage à l'écriture, payé d'un renoncement névrotique au monde « normal ». De fait, Sartre s'est interrogé sur les choix de vie de beaucoup d'écrivains, dans des monographies développées (le *Baudelaire* de 1947,

1. Roman de Gustave Flaubert (1857).

le *Saint Genet* de 1952), dans de nombreux articles, recueillis dans les *Situations,* et même dans des essais restés inachevés (*Mallarmé*, composé vers 1949). Au-delà de la seule littérature, il s'intéressa à la vocation d'autres artistes comme des peintres (Le Tintoret) ou des sculpteurs (Giacometti).

Il n'est donc pas étonnant de le voir se prendre lui-même comme objet d'analyse, dans la perspective matérialiste, anti-idéaliste, qui est la sienne. Il réalise sur ce sujet aussi – comme pour la famille ou la société – cette « entreprise de démystification » (→ PROBLÉMATIQUE 9, p. 73) qu'il affirme avoir programmée dans *Les Mots*. Il se met en scène comme faux enfant prodige pris au piège d'une « comédie familiale » (p. 78) qui tourne ici à la conspiration. Le grand-père, fidèle à sa fonction de manipulateur, amorce et attise son besoin d'écrire pour s'en effrayer ensuite, tant il semble important pour l'enfant. Et Sartre démolit joyeusement les fables romantiques qui présentent le poète comme l'élu d'une mystérieuse mission (on pense à Lamartine, à Musset), ou la tradition plus ancienne d'Orphée inspiré par les dieux. Au point de départ, l'enfant copie ; il n'invente rien. Il n'y a d'écriture que dans la réécriture : cette théorie sera fort à la mode, après *Les Mots,* dans le monde de la critique sans qu'on crédite Sartre de l'avoir appliquée à lui même avec une agressive humilité.

La situation sociale de l'écrivain

Dans cette section des *Mots*, Sartre revient sur des préoccupations qu'il développait en 1948 dans *Qu'est-ce la littérature ?* Pourquoi écrit-on ? Pour qui écrit-on ? Il faut ici s'intéresser au fonctionnement social de la « machine à faire des livres » (p. 136), comme le disait Chateaubriand, que Sartre cite avant d'ouvrir une longue et compacte séquence où les perplexités rétrospectives de l'écrivain adulte prennent le pas sur les aventures pittoresques de Poulou. Le narrateur – dans un développement très certainement écrit bien après les premières pages de « Lire » – s'imagine en écrivain mineur, « le chantre d'Aurillac » (p. 154) reconnu après sa mort, ce qui n'a rien à voir avec le célèbre Jean-Paul Sartre.

Un écrivain est-il nécessaire à la société ? Échappe-t-il ainsi à la contingence propre à toute existence ? Le grand-père est accusé d'avoir élevé son petit-fils dans « l'illusion rétrospective » (p. 162). Pour mieux comprendre ce qui est dit, on lira avec profit les réflexions de Roquentin, le héros de *La Nausée*, sur les rapports entre la vie et le récit de vie (à propos de ses « aventures ») : quand on (se) raconte, « la fin est là, qui transforme tout[1] ». « J'ai voulu, dit Roquentin, que les moments de ma vie se suivent et s'ordonnent comme ceux d'une vie qu'on se rappelle. Autant vaudrait d'attraper le temps par la queue[2] ». C'est ce qui arrive à Poulou lorsqu'il se voit en futur homme illustre. C'est une autre manifestation, perverse, de l'aliénation à soi-même, par le sacrifice du présent à un avenir chimérique.

PAGES 170 À 186

Souvenirs et réflexions

RÉSUMÉ

« Deux événements » (p. 170-186) : Le début de la Première Guerre mondiale, le 2 août 1914, généralise à un pays tout entier une comédie patriotique plus spectaculaire encore que « la comédie familiale » (p. 78). Même les revues pour enfants participent à la propagande militaire. Dans cette vague d'héroïsme collectif, Poulou décide d'écrire un nouveau roman à la mode de l'époque, l'histoire du soldat Perrin, qui enlève le Kaiser[3] et, après l'avoir vaincu en combat singulier, l'oblige à rendre à la France l'Alsace et la Lorraine. Mais, en ce mois d'octobre 1914, la réalité du conflit dément cruellement cette invention romanesque. Honteux de ces mensonges, l'enfant abandonne son récit après l'avoir relu. Aigri,

1. *La Nausée*, [1938], Gallimard, collection « Folio », 1990, p. 65.
2. *La Nausée*, *idem*, p. 66.
3. L'empereur allemand Guillaume II.

il se réfugie dans la lecture des aventures de *Buffalo Bill* et de *Nick Carter*, qui le transportent aux États-Unis. Il se rapproche encore davantage de sa mère, avec laquelle il communique en langage codé, preuve de leur complicité heureuse. Il va jusqu'à partager son dégoût devant les tentatives de séduction d'un homme qui les aborde dans la rue.

En octobre 1915, Poulou entre en Sixième au lycée Henri-IV. Ses premiers devoirs sont mauvais, mais il s'habitue assez vite à la « démocratie » (p. 180) d'un enseignement collectif. Intégré pour la première fois dans un groupe de camarades, il oublie avec eux « la comédie familiale » (p. 78), le temps des jeux en commun. Il se lie d'amitié avec Max Bercot, fils de veuve comme lui. Ils admirent Bénard, « garçon frileux et rond » (p. 183) – dont la mère est couturière – et qui meurt à la fin de l'hiver. Un nouvel élève arrive en Cinquième, sosie du disparu. C'est Paul-Yves Nizan. Poulou remarque sa personnalité, première étape d'une future amitié.

Autoportrait à dix ans (p. 186-201) : Revenant sur ces années 1914-1916, Sartre évoque de nouveau sa mission d'écrivain. C'est pour lui le moment où s'est fixée ce qu'il appelle sa « névrose caractérielle » (p. 186). Il file droit au but, conscient de son éternité future, négligeant accidents et hasards, chagrins et maladies : « À dix ans, j'étais sûr de moi : modeste, intolérable, je voyais dans mes déconfitures les conditions de ma victoire posthume » (p. 190). La vie ordinaire promet à chacun d'espérer des progrès, selon la croyance en l'amélioration des individus et des sociétés par l'accumulation de l'expérience. Mais Poulou s'interroge sur ce mythe, selon lequel « le présent s'enrichit de tout le passé » (p. 192). Il privilégie plutôt l'avenir sur tous les autres moments du temps. Sartre adulte avoue avoir gardé ce goût de la fuite en avant, qui étonne son entourage. Il ne s'encombre pas de souvenirs. Il se veut le premier à reconnaître ses erreurs passées. Son meilleur livre est celui qu'il est en train d'écrire. Il désire conserver malgré l'âge « la jeune ivresse de l'alpiniste » (p. 196).

À dix ans, lorsqu'il accompagne sa grand-mère dans un magasin de vaisselle et qu'il assiste en spectateur muet au dialogue de Louise avec la vendeuse, il se perçoit comme un faux personnage secondaire. Fausse passivité aussi, dans un « souvenir sans date » (p. 198) qui ressuscite l'ennui éprouvé au jardin du Luxembourg.

Épilogue (p. 201-206) : « Voilà mon commencement » (p. 201). Sartre tire les conclusions de son récit d'enfance en récapitulant ce que l'écrivain qu'il est devenu doit aux années de formation – de déformation ? – de Poulou. D'abord le transfert de la religion « dans les Belles-Lettres » (p. 158), avec le choix de l'immortalité littéraire comme substitut de la vie éternelle espérée par le chrétien. Prédestiné, Poulou est l'Élu de l'écriture, investi par un Saint-Esprit invisible qui ne le quittera pas pendant trente ans. Écrivant *La Nausée*, Sartre réussit ainsi un « beau coup » (p. 203) : dénoncer la fadeur de l'existence humaine tout en se mettant lui-même hors de cause par le fait qu'il maîtrise seul le récit des expériences de Roquentin[1].

Depuis, Sartre a changé. Il racontera « plus tard[2] » (p. 204) combien la découverte de la violence du monde et de sa propre « laideur » (p. 204) ont ruiné son rêve premier. À la date de rédaction des *Mots*, « l'illusion rétrospective est en miettes » (p. 204), le Saint-Esprit est congédié : Sartre a lentement conquis l'« athéisme » (p. 204). En effet, « depuis à peu près dix ans je suis un homme qui s'éveille, guéri d'une longue, amère et douce folie » (p. 204). Il n'en demeure pas moins qu'il continue à écrire. C'est son « métier » (p. 205) et cela peut servir. Les traits de l'imposture de l'enfant, usés et effacés, persistent dans le caractère de l'adulte : « on se défait d'une névrose, on ne se guérit pas de soi » (p. 205). Les vieux mythes héroïques l'habitent encore. Mais sa conception laborieuse de l'écriture l'a protégé des séductions de l'élite. Reste « un homme, fait de tous les hommes et qui les vaut tous et que vaut n'importe qui » (p. 206).

---

1. Personnage principal de ce roman paru en 1938.
2. Cette promesse d'une suite à l'autobiographie n'a pas été tenue.

La suspension de l'écriture

Le livre fait une sorte d'arrêt sur image sur la période 1914-1916, avec la réapparition inattendue d'une chronologie devenue souterraine dans les pages précédentes. Le narrateur affirme avoir cessé d'écrire pour deux raisons : la découverte que cette activité entraîne le mensonge (les aventures du soldat Perrin démenties par les faits) et la découverte des autres enfants lorsque Poulou entre au lycée Henri-IV dans une vraie classe avec de vrais camarades. Le début de la Première Guerre mondiale, comme tout traumatisme historique, montre que la réalité dépasse la fiction et met la littérature sous la surveillance étroite des censeurs et des événements. Poulou apprend à ses dépens l'exigence de la vraisemblance. En revanche, l'expérience d'une scolarité qui échappe à la relation d'un élève avec un seul maître, si elle l'empêche d'écrire, délivre enfin Poulou de la solitude.

Malgré quelques constantes (la connivence lumineuse avec la mère), le texte rectifie donc ici certains passages de « Lire », comme le rejet de l'enfant au jardin du Luxembourg (toujours décor cependant d'un « souvenir sans date », p. 198). Mais Poulou découvre le groupe, réalité nouvelle pour lui (et objet d'étude récent pour le philosophe dans sa *Critique de la raison dialectique* parue en 1960).

La conclusion du récit d'enfance

Une dernière fois, Sartre tisse un lien entre le passé et le présent, en se posant la question fondamentale de toute autobiographie, celle de l'identité de l'individu à travers les variations des âges de la vie. L'adulte cherche à se reconnaître dans les traits de l'enfant. Comme Jean-Jacques Rousseau dans ses *Confessions*, l'auteur réfléchit aux catégories du même et de l'autre. Dans sa dernière phrase, il retourne d'ailleurs, non sans malice, les formules célèbres qu'on peut lire au début du livre du Citoyen de Genève : « Je sens mon cœur et je connais les hommes. Je ne suis fait comme aucun de ceux que j'ai vus ; j'ose croire n'être fait comme aucun de ceux qui existent[1] ». Sartre lui oppose une vue à la Montaigne, pour qui, on le sait, « chaque homme porte la forme entière de l'humaine condition[2] ».

---

1. Rousseau, *Les Confessions*, I.
2. Montaigne, *Essais*, III, 2.

DEUXIÈME PARTIE

Problématiques essentielles

1 *Les Mots* dans la vie de Sartre

L'ENFANT DES *MOTS* (1905-1917)

Ce que dit le livre

Dans son récit d'enfance, Sartre a voulu donner l'image d'un petit garçon solitaire, élevé par un « vieillard » (p. 21) et « deux femmes » (p. 24). Né le 21 juin 1905, le petit Jean-Paul, surnommé Poulou, voit disparaître son père l'année suivante. Sa mère s'installe alors avec lui au foyer de son propre père, Charles Schweitzer, professeur d'allemand à Paris. L'orphelin, protégé du monde extérieur par « la comédie familiale » (p. 78), ne fréquente guère l'école publique avant octobre 1915, date de son entrée en Sixième au lycée Henri-IV. Il y connaît divers camarades, dont Paul Nizan[1]. Il a appris très jeune à lire en découvrant les « classiques » (p. 43) de la bibliothèque de son grand-père. Il s'est aussi passionné pour les illustrés et les romans-feuilletons, pour le cinéma (encore muet à l'époque) et la musique. Développant ainsi son imagination, il se met à écrire des plagiats de romans d'aventures. Sa famille lui fabrique une vocation d'écrivain modeste, compatible avec un vrai métier, celui de professeur. Mais il rêve de gloire posthume.

Ce qu'il ne dit pas

Le livre passe très rapidement sur la branche paternelle de la famille. Les Sartre, ancrés dans la France profonde à Thiviers (au nord du Périgord), sont sacrifiés aux Schweitzer,

1. *Paul Nizan* (1905-1940) : écrivain, ami de Sartre et membre du Parti communiste jusqu'en 1939.

originaires d'une Alsace occupée jusqu'en 1918 par les Allemands. Il n'est pas dit clairement que Jean-Baptiste, le père de Poulou, était polytechnicien. Après sa mort, c'est le grand-père Sartre, un notable, qui sera le tuteur de l'orphelin. Les relations se détérioreront entre Anne-Marie et la famille de Thiviers, pour des questions d'argent. Cette lignée « bourgeoise » disparaît d'un récit où le protagoniste ne doit pas faire figure d'héritier. De même, il faut chercher ailleurs la relation des premiers émois de Poulou auprès de ses petites amoureuses. Le grand-père Schweitzer, durement traité dans *Les Mots*, a laissé des lettres où il révèle un profond amour pour son petit-fils. Surtout, le livre traite de façon elliptique un événement capital : le remariage de la mère en avril 1917 avec Joseph Mancy, autre polytechnicien, qui devient le beau-père de Sartre, et pour lequel ce dernier n'aura pas d'affection. C'est en fait ce remariage qui marque la fin sinon de l'enfance, du moins de son récit.

VERS « L'ÂGE DE RAISON » (1918-1938)

Sartre adolescent

Installé à La Rochelle au foyer des Mancy, Sartre y passe de 1917 à 1920, de son propre aveu, les « plus mauvaises années de [sa] vie[1] ». Revenu à Paris, il retrouve Paul Nizan et poursuit des études qui le mènent en 1924 à l'École normale supérieure. Ce sont ici des années heureuses, au milieu d'un cercle de « petits camarades » qui le font définitivement échapper aux pièges de la famille. Lycéen, il a commencé à publier de brefs récits dans une revue étudiante. En 1929, il est reçu premier à l'agrégation de philosophie et rencontre Simone de Beauvoir à l'occasion de la préparation de l'oral du concours. C'est le début d'une relation faite de connivence affective et intellectuelle qui durera toute sa vie.

1. Cité par Michel Contat et Michel Rybalka, *Les Écrits de Sartre*, Gallimard, 1970, p. 22.

L'écriture de *La Nausée*

Entrer dans l'âge adulte n'est pas facile pour Sartre. Nommé professeur de philosophie au Havre, il commence en 1931 un essai où il jette des réflexions sur la gratuité de l'existence. Transformé en roman, le livre ne paraît qu'en 1938 sous le titre de *La Nausée* et obtient un succès d'estime. Sartre commence à voir se réaliser cette reconnaissance comme écrivain dont il est question dans *Les Mots*. Il publie des articles de critique littéraire dans la prestigieuse *Nouvelle Revue Française*, ainsi que des articles de philosophie.

L'EXISTENTIALISME[1] (1939-1963)

Sartre en guerre

Il publie des nouvelles en 1939 sous le titre de l'une d'elles, *Le Mur*. Le recueil fait scandale et lance l'image d'un Sartre provocateur, refusant définitivement les bons sentiments et la morale traditionnelle. Mobilisé comme simple soldat, il multiplie durant l'hiver 1939-1940 les projets littéraires (début d'un autre roman, écriture des *Carnets* et d'une abondante correspondance). Un important essai philosophique, *L'Imaginaire*, paraît en 1940. Prisonnier lors de l'offensive allemande de juin, il se retrouve dans un camp à Trêves, d'où il s'évade en mars 1941. Revenu à Paris, il continue à écrire et à enseigner. En 1943, il publie un nouvel essai philosophique, *L'Être et le Néant*, et fait représenter sa première pièce officielle, *Les Mouches*. Une seconde pièce, *Huis clos*, est montée en mai 1944. Lié d'amitié avec Albert Camus, il se retrouve à la Libération porte-parole d'une génération nouvelle, cherchant à redéfinir la mission de la littérature dans un monde bouleversé.

1. Ce terme s'explique par le fait que pour Sartre l'individu ne se définit pas par une « essence » fixée une fois pour toutes. Il se réalise dans une « existence » qui implique une perpétuelle remise en question de soi.

Hégémonie sartrienne

En 1945, Sartre est présent sur tous les fronts de l'actualité culturelle : il publie les deux premiers tomes d'un cycle romanesque, *Les Chemins de la liberté* (il s'agit de *L'Âge de raison* et du *Sursis*). Il voyage aux États-Unis. Il fonde sa propre revue, *Les Temps modernes*. Il donne des articles et des conférences, reprenant à son compte le terme d'« existentialisme » que les commentateurs lui appliquent. Il doit défendre cette philosophie contre les malentendus et les détracteurs de tous horizons. Fondée sur la liberté de l'individu, refusant la religion et les cadres habituels de la vie sociale, la morale existentialiste déroute.

Dans l'atmosphère passionnée de l'après-guerre, la politique impose sa présence. De nouvelles œuvres théâtrales traitent des conditions concrètes de l'action, de la résistance à l'oppression, de la violence et du pouvoir (*Morts sans sépulture* en 1946 et *Les Mains sales* en 1948). Sartre revendique l'engagement politique des écrivains dans *Qu'est-ce que la littérature ?* (1948), deuxième volume des *Situations*, recueils d'articles qui atteindront le nombre de dix à la fin de sa carrière.

Écriture et engagement

En 1949, Sartre met un terme à son œuvre proprement romanesque, avec *La Mort dans l'âme*, troisième tome du cycle des *Chemins de la liberté*, qui restera inachevé. Embrassant la cause des pays du Tiers-Monde contre les puissances coloniales et de ceux de l'Est contre l'Occident capitaliste, il se brouille définitivement avec Camus en 1952 et se rapproche des communistes (sans jamais adhérer au Parti). Il continue d'écrire pour le théâtre (*Le Diable et le Bon Dieu* en 1951, *Nékrassov* en 1955, *Les Séquestrés d'Altona* en 1959). Il voyage avec Simone de Beauvoir en Chine, en URSS, à Cuba, au Brésil, apportant un soutien remarqué aux régimes (parfois aussi aux opposants) de ces pays. Une longue étude sur Jean Genet[1] (*Saint Genet comédien et martyr* en 1952) insiste sur les mérites d'un écrivain maudit. Mais en philosophie, l'existentialisme commence à être rejeté en France par d'autres théories et d'autres méthodes. *La Critique de la raison dialectique*, en 1960, ne rencontrera pas la même audience que *L'Être et le Néant*.

LES DERNIÈRES ANNÉES (1964-1980)

Dans ce contexte, la publication en volume des *Mots*, en janvier 1964, fait un peu figure de résurrection littéraire pour Sartre Le succès – unanime – rencontré par ce livre ne sera pas étranger à l'attribution, cette année-là, du Prix Nobel à son auteur. Sartre n'accepte pas ce prix, qui lui semblait récompenser plutôt les écrivains « bourgeois ». Radicalisant ses positions politiques après la guerre d'Algérie (où il s'opposa, avec d'autres intellectuels, aux méthodes et au principe même de la répression menée par l'armée française), il sympathise avec la jeunesse en révolte de mai 1968, puis avec les mouvements d'extrême-gauche. Sa dernière œuvre (inachevée) est un immense essai sur Flaubert, *L'Idiot de la famille* (trois tomes parus en 1971 et en 1972). À partir de 1973, frappé de cécité, il ne peut plus écrire. Il continue cependant à intervenir par le biais d'entretiens avec des proches, des amis philosophes ou journalistes. Il meurt le 15 avril 1980.

Depuis cette date, de nombreuses publications posthumes sont venues éclairer d'un jour nouveau sa personne et son talent. Particulièrement importante pour l'étude des *Mots* est la masse des écrits intimes mis à la disposition des lecteurs tels que les *Lettres au Castor*[2] (1983) et les *Carnets de la drôle de guerre* (1983, réédités en 1995, avec un cahier inédit). On citera aussi les *Écrits de jeunesse* (1990), où la biographie affleure sous des fictions adolescentes.

1. *Jean Genet* (1910-1986) : auteur de récits et de pièces de théâtre (*Les Bonnes*).
2. Surnom de Simone de Beauvoir.

2 L'élaboration des *Mots*

SARTRE ET L'AUTOBIOGRAPHIE

Lors de la parution des *Mots* en janvier 1964, on a pu s'étonner de voir Sartre écrire sur son enfance. Une connaissance plus complète de son œuvre, rendue possible par des publications posthumes, montre que ce texte apparemment singulier s'inscrit dans une continuité, celle d'un projet autobiographique qui l'accompagna toute sa vie.

1 Écrire sur soi

Sartre eut régulièrement le désir de fixer par écrit des traits de sa personnalité. Certains de ces textes étaient d'abord destinés à lui seul ou à des personnes de son proche entourage. C'est ainsi qu'à 21 ans, en 1926, il écrit à une amie, Simone Jollivet, une « lettre vraie » où il se peint en écrivain ambitieux, soucieux de gloire depuis l'enfance[1]. Partageant avec Roquentin, le protagoniste de *La Nausée*, une défiance instinctive vis-à-vis du journal intime, il n'en a pas moins, comme Roquentin, sacrifié au genre. Il tint des carnets à l'époque de l'adolescence, puis pendant l'hiver 1939-1940, alors qu'il était mobilisé sur le front de l'Est. Ces *Carnets de la drôle de guerre*, incomplets, donnent à lire des réflexions sur l'homme qu'il était à 35 ans et sur son passé. Des thèmes orchestrés dans *Les Mots* y apparaissent déjà, comme son rapport à la guerre de 1914-1918[2] ou le désir d'avoir une « belle vie de grand homme », qui annonce le motif

1. *Lettres au Castor et à quelques autres*, Gallimard, tome 1, 1983, p. 9-10.
2. *Carnet I*, qui ouvre la réédition de l'ensemble en 1995.

de l'« illusion rétrospective[1] ». Les autoportraits s'y succèdent, marqués par l'ironie et le désir de se connaître. On lira dans les *Carnets I* et *XIII* des souvenirs d'enfance qui n'ont été repris que partiellement, ou franchement censurés, dans *Les Mots*. Plus tard, Sartre s'exprimera publiquement sur certaines périodes de son adolescence, de sa jeunesse et de son âge mûr dans des essais consacrés à deux amis disparus : Paul Nizan et le philosophe Maurice Merleau-Ponty[2].

La vie des autres

L'autobiographie de Sartre s'inscrit dans la suite d'une série de biographies qu'il écrivit sur des écrivains comme Baudelaire (en 1947), Mallarmé (texte commencé en 1952, inachevé) et surtout Jean Genet et Flaubert. Dans *Saint Genet comédien et martyr* (1952), Sartre est amené à évoquer l'enfance d'un poète maudit, voyou et homosexuel, mais qui revendique courageusement sa marginalité alors que les autres enfants, selon notre auteur (sans doute pense-t-il à lui), ont été « occupés à bouffonner servilement pour plaire[3] ». La vocation littéraire de Gustave Flaubert, qui est déjà mentionnée dans *L'Être et le Néant* en 1943, occupera régulièrement Sartre jusqu'à la publication en 1971 et en 1972 de *L'Idiot de la famille*. Cet essai fait revivre le jeune Gustave, prisonnier d'une famille bourgeoise, au moment où il commence à écrire. De fait, une question – fondamentale – est commune à ces biographies et aux *Mots* : comment devient-on écrivain ? Dans le domaine de la fiction, il faut aussi remarquer que « L'Enfance d'un chef », la dernière – et la plus longue – nouvelle du *Mur* (1939), propose sur le mode ironique dans ses premières pages un récit d'enfance qui offre des analogies surprenantes avec celle de Poulou.

---

1. *Carnets de la drôle de guerre*, Gallimard, nouvelle édition, 1995, p. 279.
2. Voir « Paul Nizan », préface à *Aden Arabie* [texte de Nizan], et « Merleau-Ponty vivant », articles respectivement publiés en 1960 et 1961, repris dans *Situations, IV*, Gallimard, 1964.
3. *Saint Genet comédien et martyr*, Gallimard, 1952, p. 55.

Un projet ambitieux

La genèse des *Mots* s'étend sur dix ans, de 1953 à 1963. En 1953, Sartre annonce qu'il a en projet « une autobiographie, mais plutôt sociale et politique qu'individuelle, sur l'évolution des gens de [sa] génération, de 1905 à la Libération, en passant par 1914, 1936, 1940[1] ». À cette date, il s'est rapproché du Parti communiste, il relit Marx et cet engagement s'accompagne de la remise en question radicale de la place de l'écrivain dans la société dite bourgeoise. Son projet est donc plus ambitieux qu'un simple récit d'enfance (il évoque ainsi en 1955 « un épais volume ou deux au maximum »). Cette autobiographie exemplaire (« je voudrais montrer ce que sont les hommes entre cinquante et soixante ans qui ont vécu comme moi tout ce demi-siècle[2] ») s'annonce comme un mélange de Mémoires et d'autocritique.

La rédaction initiale

Le manuscrit est commencé sous le titre de *Jean sans terre*[3], choisi pour mettre en valeur le thème de l'individu sans héritage ni propriété (le « locataire » du texte final, p. 73). Un scénario sur la vie de Sigmund Freud, commandé par le cinéaste américain John Huston en 1958, le fait ensuite méditer sur les rapports entre père et fils et sur le complexe d'Œdipe, alors que Sartre a toujours réfuté les principes de la psychanalyse[4].

La réécriture de 1963

Réduisant au fil des ans ses ambitions initiales, Sartre se remet en 1963 à cette autobiographie qui, chronologiquement, ne couvre plus que les années 1905 à 1916-1917. C'est donc un récit

1. Interview à *Libération* du 4 novembre 1953.
2. Interview au *Monde* du 17 septembre 1959.
3. Allusion à un roi d'Angleterre (1167-1216), héros cruel d'un drame de Shakespeare.
4. Ce *Scénario Freud* a été publié chez Gallimard en 1984.

d'enfance qui paraît fin 1963, d'abord en octobre et novembre dans *Les Temps modernes*, puis en volume en janvier 1964. Son titre est changé *in extremis*, ainsi que les sous-titres : *Jean sans terre* devient *Les Mots* ; « Abel », sous-titre initial du début, devient « Lire », et la seconde partie, jusque-là anonyme, est intitulée logiquement « Écrire ». C'est dans cette seconde partie que la présence du narrateur adulte est la plus manifeste. Le succès du livre est immédiat.

APRÈS *LES MOTS*

La fin des *Mots* laisse attendre une suite (p. 204). Sartre ne la publiera pas, et il reste douteux qu'il l'ait jamais écrite. Il lui était difficile de peiner sa mère[1] en évoquant les années noires vécues à partir de 1917 au foyer de son beau-père, l'ingénieur Joseph Mancy. Quant à ses années de jeunesse et de maturité, elles étaient déjà connues du public par le cycle des *Mémoires* de Simone de Beauvoir, publiés à partir de 1958. Il souhaite en priorité terminer son immense travail sur Flaubert. En 1973, la cécité lui ôte toute possibilité de continuer son œuvre.

Il ne renonce pas cependant au projet ancien d'une autobiographie à la fois personnelle et politique. Ne pouvant plus écrire sur soi, il sera amené à parler de soi. La véritable suite des *Mots* se trouvera dans un film tourné en 1972[2] et dans des entretiens dont les plus importants, pour connaître sa vie, sont ceux réalisés avec Simone de Beauvoir durant l'été 1974[3] et avec Michel Contat en 1975[4].

1. Anne-Marie ne mourra qu'en 1969.
2. Le texte de ce film a été publié en 1977 chez Gallimard sous le titre *Sartre*.
3. *Entretiens avec Jean-Paul Sartre*, in Simone de Beauvoir, *La Cérémonie des adieux*, Gallimard, 1981.
4. « Autoportrait à soixante-dix ans », repris dans *Situations, X*, Gallimard, 1976.

3 Le grand-père Schweitzer

La famille occupe dans *Les Mots* une place privilégiée, tant la vie de l'enfant se présente comme modelée par elle. Chef de cette famille, Charles Schweitzer est incontestablement, avec Poulou, le personnage principal du livre, par la fonction de manipulateur que Sartre lui attribue à chaque temps fort de son récit, notamment à la fin de « Lire » (p. 112) ou lors de l'évocation de son « destin » (p. 133-135).

LE VRAI CHARLES SCHWEITZER (1844-1935)

Les informations données dans la biographie sur Sartre d'Annie Cohen-Solal[1] permettent de compléter l'arbre généalogique de la famille Schweitzer esquissé au début des *Mots* :

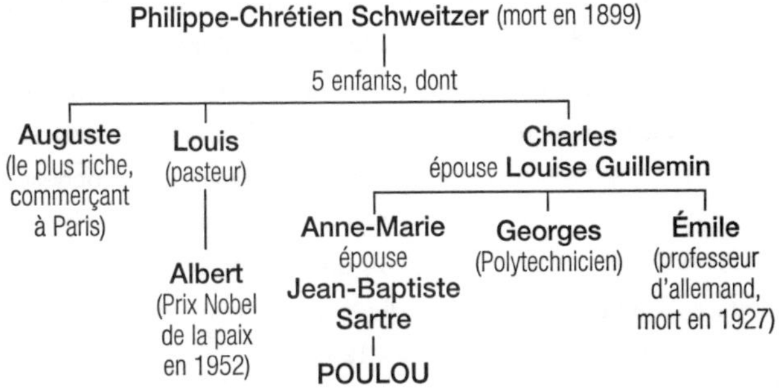

Charles manifesta très tôt une forte personnalité. Destiné à une carrière de pasteur comme son frère Louis, il fut chassé du séminaire protestant à la suite d'un scandale, l'amour lui plaisant

1. Voir bibliographie, p. 125.

davantage que la théologie. Agrégé d'allemand, il quitta en 1872 l'Alsace occupée par la Prusse à la suite de la défaite de 1870. Il se maria à Mâcon avec Louise Guillemin, de confession catholique. Muté à Paris, il enseigna au lycée Jeanson-de-Sailly de 1893 à 1909. Ses trois enfants furent mis en pension dans des institutions religieuses. À la mort de Jean-Baptiste Sartre, en 1906, Charles avait 62 ans. Il recueillit sa fille et son petit-fils dans sa maison de Meudon, puis, à sa retraite en 1911, dans un appartement au sixième étage de la rue Le Goff à Paris. À cette date, il créa, pour subvenir aux besoins des siens, « l'Institut des Langues Vivantes » (p. 33). La famille voyageait régulièrement à Arcachon, à Saint-Gobain (dans la famille de Louise), dans la Nièvre (chez l'oncle Georges) et à Pfaffenhoffen (en Alsace occupée). Chercheur et pédagogue de renom, Charles avait soutenu en 1886 une thèse sur le poète allemand Hans Sachs. En collaboration avec Émile Simonnot, professeur au lycée Chaptal, il publia un manuel d'allemand, le *Deutsches Lesebuch*[1], qui fit longtemps autorité pour l'apprentissage de cette langue. Sa bibliothèque comptait mille volumes de « classiques » (p. 43) français et germaniques. Il fit des conférences pédagogiques à la Sorbonne.

Il semble avoir éprouvé une réelle tendresse pour Poulou, dont il prit personnellement l'éducation en charge, bien au-delà de sa petite enfance. Sartre a raconté par exemple comment il l'emmenait au Louvre encore en 1921 pour lui faire découvrir la peinture[2]. Pendant la période « noire » de l'exil à La Rochelle, il se brouilla néanmoins avec lui à la suite d'un larcin commis par l'adolescent. La fin de sa vie fut assombrie par la maladie : il perdit peu à peu la raison, comme l'indique une lettre de Sartre à Simone de Beauvoir datée de septembre 1934[3].

Ces données biographiques – que le récit des *Mots* sélectionne soigneusement – donnent l'image d'un homme intellectuellement

1. *Deutsches Lesebuch* : livre de lectures allemandes.
2. *Entretiens avec Jean-Paul Sartre*, in Simone de Beauvoir, *La Cérémonie des adieux*, *op. cit.*, p. 287-288.
3. *Lettres au Castor*, *op. cit.*, tome 1, p. 52-54.

honorable, d'un enseignant de lycée brillant, agrégé et docteur, d'un père soucieux de ses responsabilités familiales au point de sacrifier sa retraite aux charges d'un foyer bouleversé par la disparition prématurée de son gendre.

LE GRAND-PÈRE DES *MOTS*

Un personnage romanesque

Autant et plus qu'à la résurrection d'une personne réelle, le lecteur des *Mots* assiste à la recréation d'un personnage de fiction. Avant la naissance de Poulou, c'est Charles qui ouvre le récit. Quelques touches rapides laissent deviner un aventurier (l'« écuyère », p. 11) enlisé dans un mariage bourgeois qui ne lui apporte que peu de satisfactions. Avant d'être un grand-père attendri, il est un « père terrible » (p. 27), surveillant sa fille et particulièrement dur avec son fils Émile, le professeur d'allemand « célibataire » (p. 14), qui, pour Sartre, est peut-être « mort de lui, indirectement » (p. 21). Le texte impose ensuite l'image d'un homme réfugié dans le passé, « un homme du XIXe siècle » (p. 22). Opposé sans danger à un régime qui n'existe plus – c'est le sens de l'expression un « vieux républicain d'Empire » (p. 23) –, il prend Victor Hugo pour modèle et semble s'être arrêté aux modes d'écriture et de pensée du dernier tiers de ce XIXe siècle : il porte en lui « les vieilles biles » (p. 146) d'une époque révolue. Son seul avenir est la mort : dès le début, le narrateur insiste sur son « décès très attendu » (p. 27). Voué au cynisme par le désenchantement de la vieillesse, il ne croit guère aux projets de Poulou. Ses moments d'euphorie et de générosité sont dénoncés comme autant de mensonges qu'il se fabrique pour survivre : son petit-fils lui sert à se masquer sa mort prochaine. Le texte rapporte aussi son goût ridicule des apparitions théâtrales, comme au cinéma d'Arcachon en 1914 (➜ LECTURE 1, p. 100), et son sens de la pose (p. 23-24). Jouant à « l'art d'être grand-père » (p. 22) comme d'autres jouent à être généraux, ingénieurs ou garçons de café, il incarne une conduite dénoncée par Sartre dès l'époque de *La Nausée* : la « mauvaise foi » par laquelle une personne se laisse dévorer par le personnage que la société lui impose d'être.

Un personnage négatif

À toutes les étapes de l'apprentissage de Poulou, le grand-père est celui qui manipule l'enfant, jusqu'à le « retourn[er] comme une peau de lapin » (p. 131). Il est pour Sartre le principal responsable de sa curieuse vocation d'écrivain, vocation dénoncée comme une maladie mentale, une « névrose » (p. 186) installée par l'aïeul dans le cerveau de l'enfant. Le rôle de Charles reste dans le récit constamment négatif, au point de faire glisser ce récit du côté du règlement de comptes. Son métier d'enseignant est présenté comme ridicule, notamment à travers les discours de distribution des prix (p. 12). De plus, traducteur et fabricant d'anthologies de textes, Charles ne retient des écrivains que ce qui peut lui servir pour ses leçons de vocabulaire ou de syntaxe. Ce travail de dépeçage est un travail de parasite : « Je sentais qu'il vivait des morts » (p. 56). Professeur de lettres, il n'est nullement sensible à la littérature de son temps et a cessé de lire des auteurs nouveaux depuis la mort de Victor Hugo (p. 55). C'est dire combien est dévalorisée d'avance cette carrière d'enseignant suggérée à Poulou dans « Écrire ». Charles lui-même est présenté comme un écrivain amateur, auteur d'« œuvres de circonstances » (p. 115) et d'une « pièce patriotique » (p. 88), activités dérisoires en regard de la création d'une œuvre véritable.

La fonction essentielle de Charles reste celle de repoussoir idéologique. Cet « homme du XIXe siècle » (p. 22) est accusé de transmettre les préjugés d'une époque qui, selon Sartre, se mentait à elle-même en décidant que seul l'art peut offrir un salut dans un monde voué au Mal, escamotant ainsi la réalité des luttes politiques et sociales. Mauvais lecteur, le grand-père manie cependant les livres comme les objets d'un culte étrange. Il semble ainsi devenu « le grand prêtre » (p. 139) d'une « religion »

(p. 51) nouvelle, celle des mots, qui se substitue insidieusement à l'ancienne. D'autre part, il répète à satiété : « je suis homme et rien d'humain ne m'est étranger » (p. 49). On sait que cette sentence de Térence[1] constitue le *credo* des humanistes, ces penseurs auxquels Sartre reproche, depuis l'époque de *La Nausée*, de s'aveugler sur la réalité concrète de la condition humaine. Faire croire à une fraternité illusoire, faire prendre l'écriture pour un geste quasi sacré, tels furent d'après son petit-fils les deux crimes majeurs de Charles. L'enfant serait ainsi tombé dans le piège d'un idéalisme (privilégier les mots aux dépens des choses) dont l'adulte mit « trente ans à [se] défaire » (p. 44).

Un personnage fantastique

La mission du grand-père Schweitzer, tel qu'il est figuré dans le texte, est donc d'entraîner systématiquement l'enfant dans ce piège. Sartre ne cherche pas à faire revivre un aïeul selon le projet d'une recherche authentique des figures du passé. Il métamorphose par l'écriture une personne en personnage.

Cette métamorphose se révèle dans le recours, fréquent dans le cas de Charles, à des figures mythiques. C'est d'abord l'assimilation, mi-ironique mi-sérieuse, à Dieu en personne, un « patriarche » (p. 21) à barbe blanche (→ LECTURE 1, p. 99). Puis la ressemblance avec un prophète : « C'était Moïse dictant la loi nouvelle » (p. 130). Une autre allégorie, imposée dès le premier portrait (p. 22), relève de l'image d'Épinal et de l'histoire littéraire mêlées : il s'agit du visage de Victor Hugo âgé, orné d'une barbe de neige.

Dans ce récit des peurs et des imaginations d'un enfant, on peut se demander si l'aïeul ainsi représenté n'occupe pas la place de l'ogre des contes de fées, ces contes qui enchantèrent les premières lectures de Poulou. Il en assure en tout cas la fonction maléfique.

---

1. *Térence* (IIe siècle av. J.-C.) : auteur dramatique latin. La phrase est extraite de sa pièce l'*Héautontimoroumenos* (mot grec signifiant « le bourreau de soi-même »), citée par Sartre (p. 43).

Un personnage dédoublé

On trouve dans *Les Mots* une constellation de figures secondaires, qui ont partie liée avec le grand-père pour s'opposer aux innocents protagonistes du récit. À la fête de l'Institut apparaît « un docteur chauve qui pousse [la] mère [de Poulou] contre les portes et tente de l'embrasser » (p. 34) ; quand elle s'en plaint à son père, celui-ci lui répond qu'elle a eu des « visions » (p. 34). Du côté de chez Charles on trouve surtout des enseignants plus ridicules encore que lui, comme M. Liévin, précepteur de Poulou, et l'instituteur d'Arcachon, M. Barrault. Dans l'épisode du graffiti, lorsque Poulou, horrifié, lit « Le père Barrault est un con » (p. 67) sur les murs de l'école, il se sent par cette lecture complice d'un « sacrilège » (p. 68). Le monde du grand-père dont Barrault est le « collègue » (p. 68) est remis en question par cette violence langagière (→ LECTURE 2, p. 106).

Le double auquel le récit accorde la plus large place est un collègue direct, professeur d'allemand, le très sérieux M. Simonnot. Caricaturé par une description qui épingle ses « joues de fille » (p. 75), sa moustache cirée et sa perruque, il se résume à une métaphore : la pétrification. Ses goûts forment un « massif granitique » (p. 75). Lui-même est une « statue », un « bloc monolithique » (p. 76). Cette phobie de métamorphose du vivant en minéral est une des constantes de l'imaginaire sartrien.

4 La mère, Anne-Marie

UNE HÉROÏNE TOUCHANTE

Par comparaison avec l'ironie réservée au grand-père, le traitement de la figure maternelle dans le texte frappe par une tonalité discrètement pathétique. Certains passages laissent même affleurer une réelle émotion.

Une victime de la famille

Les éléments essentiels du triste destin d'Anne-Marie sont donnés au lecteur dès le début de « Lire ». Fille cadette de Charles et de Louise, elle se trouve délaissée par ses parents, malgré ses « dons » et l'« éclat » (p. 15) de sa beauté. Son mariage brisé par la mort de Jean-Baptiste entraîne pour elle une situation ambiguë lorsqu'elle revient vivre avec son fils au foyer de ses parents. Elle dépend totalement d'eux. Pour pallier la charge que leur impose cette présence, elle se fait « gouvernante, infirmière, majordome, dame de compagnie, servante, [mais] sans pouvoir désarmer l'agacement muet de sa mère » (p. 17), qui voit en elle une rivale domestique. Le sort lui impose une situation de passivité qui lui interdit tout acte libre, comme la fréquentation de ses anciennes amies (p. 18). À l'égal de Poulou, elle est l'otage de la cellule familiale.

« Marie-Anne » abandonnée

S'impose dans le récit l'image pathétique de la jeune veuve, renvoyée comme autant de miroirs par certains détails narratifs : une jeune veuve pleure sur l'écran du cinéma du Panthéon

(p. 103) et la mère de Bercot, le premier camarade de lycée, a perdu elle aussi son mari (p. 182). De ce qui pourrait être le canevas mélancolique d'une nouvelle de Maupassant, Sartre tire des effets poétiques. Il évoque le mythe grec d'Ariane[1] – dont le nom mélodieux est si proche du prénom Anne-Marie, lorsqu'on inverse ses deux composantes. C'est « la longue Ariane qui revint à Meudon » (p. 17). Par cette allusion, le récit d'enfance place la mère sous l'emblème par excellence de la solitude mélancolique.

L'INITIATRICE DE L'ENFANT

Mais au rebours de cette tristesse, la narration insiste sur la fonction éminemment positive d'Anne-Marie vis-à-vis de Poulou. Contre la figure de l'ogre qu'incarne le grand-père, elle représente la bonne fée dont les initiatives permettent à l'enfant de ne pas se perdre totalement dans les pièges des méchants. Le faisant accéder au monde de l'enfance véritable – sans doute parce qu'elle est restée elle-même enfant –, elle aide son fils à franchir certaines barrières, dans ce roman d'apprentissage qu'est aussi le récit des premières années d'un individu.

L'initiatrice aux mots, aux images et aux sons

C'est elle qui précipite l'initiation de Poulou à la lecture. Dans la scène des « Fées », il voit sa mère lire le texte d'un conte qu'elle avait coutume de lui raconter de mémoire, ce qui le met dans un état de stupeur proche de la panique : « De ce visage de statue sortit une voix de plâtre » (p. 40). Un discours écrit par une main étrangère s'est substitué à la parole maternelle, en abolissant le rapport d'intimité propre à l'improvisation orale. Mais c'est au prix de ce détour par l'inquiétude que Poulou, « jaloux de [sa] mère » (p. 41), s'acharnera à décrypter le fonctionnement des livres.

1. Ariane, sœur de Phèdre, aida le héros Thésée à vaincre le Minotaure qui se cachait en Crète dans le Labyrinthe (c'est l'épisode célèbre du fil d'Ariane). Ingrat, Thésée l'abandonna ensuite dans l'île de Naxos.

Anne-Marie permet aussi à son fils de donner libre cours à son imagination enfantine. C'est elle qui, en cachette de Charles, puis contre son avis (p. 64), lui procure les « *vraies* lectures » (p. 61). Elle lui achète les illustrés et les feuilletons qui, mieux que les « classiques » (p. 43) de la bibliothèque familiale, vont le faire vivre par procuration des aventures héroïques, par un jeu d'identification à Michel Strogoff ou à Pardaillan. C'est elle qui, bravant là encore le scepticisme de Charles, emmène Poulou au cinéma (→ LECTURE 3, p. 110). C'est par Anne-Marie que Poulou peut enfin « vivre en musique » (p. 104) ses rêveries. En se mettant au piano chaque fin d'après-midi, elle déclenche et accompagne les exploits imaginaires de l'enfant, possédé par les sons et le rythme comme par « un tambour vaudou » (p. 105).

L'initiatrice à la joie de vivre et de créer

Développant l'imagination de son fils, elle favorise ainsi ses facultés créatrices. Au début de la seconde partie, on la voit lui apprendre les règles de l'écriture versifiée. Elle lit et recopie de ses mains son premier roman, *Le Marchand de bananes*. « Mortifiée » par les réticences affichées du grand-père devant ces « "bêtises" », « intimidée » par lui, elle cesse de lire les romans suivants de Poulou (p. 120). Mais elle l'encourage dans sa vocation littéraire et lui dit en l'embrassant : « Mon petit bonhomme écrira ! » (p. 127).

Anne-Marie est enfin celle qui initie l'enfant, malgré leur triste condition commune, à une certaine légèreté de l'existence. Elle est celle par qui le rire arrive, à de rares moments, dans le texte, signe d'une distance au monde qui est encore une libération. Là aussi, elle agit ou réagit à l'opposé de Charles. Lors de la dictée calamiteuse du lycée Montaigne, elle éclate d'un fou rire que le grand-père arrête « d'un regard terrible » (p. 65). Sa complicité avec Poulou passe par des « plaisanteries rituelles » (p. 177). Attendant l'autobus, tous deux se mettent à parler dans un langage peu ordinaire et partent d'un rire commun. Dans un magasin, elle évite de le regarder de peur de pouffer au nez d'une vendeuse qui leur semble comique (p. 177-178). Le « bonheur » (p. 177), la « tendresse » (p. 86) – termes rares dans *Les Mots*[1] – sont les dons chaque jour recommencés de la mère à l'enfant.

ANNE-MARIE AIMÉE ET DISCULPÉE

On ne s'étonnera pas, dans ces conditions, de voir Anne-Marie déchargée de tout ce qui s'apparenterait à une fonction négative. Le récit de ses rares initiatives malheureuses s'accompagne toujours d'une excuse. Ainsi, lorsqu'elle fait miroiter à Poulou les charmes dérisoires de la carrière mesquine du professeur d'Aurillac, participant au piège tendu par le grand-père, c'est justement parce qu'elle a été « circonvenue[2] » par lui (p. 150).

Une figure de l'innocence

Cette mère surtout ne peut pas être femme, c'est-à-dire un être sexué susceptible d'appartenir physiquement à un homme. Veuve, elle refusera les aventures sentimentales, reculant du même bond indigné que son fils devant les avances d'un séducteur occasionnel (p. 178). Dans l'introduction de « Lire », Sartre joue implicitement sur le dogme de l'Immaculée Conception[3]. Privée par son décès d'un époux que personne n'eut le temps de vraiment connaître, elle « redevint mineure : une vierge avec tache » (p. 18). Vierge Marie, vierge Anne-Marie. Il n'est pas étonnant que s'introduise ensuite le thème de la mère « sœur aînée » (p. 20), que le fils rêve d'épouser plus tard, reléguée dans la même chambre que lui : « Les “enfants”, c'est nous : pareillement mineurs et pareillement entretenus » (p. 20). Le couple touchant formé par la veuve et l'orphelin se définit par cette relation d'identité. Si l'inceste est

1. Le mot « tendresse » n'apparaît que trois fois ; l'adjectif « tendre » huit fois et l'adverbe « tendrement » une fois.
2. *Circonvenir* : agir sur quelqu'un avec ruse, abuser.
3. Dogme de l'Église catholique selon lequel la mère de Jésus concilia maternité et virginité.

évoqué par Sartre, il ne s'agit pas du désir œdipien du fils pour la mère, comme le voudrait une psychanalyse trop élémentaire qu'il récuse (→ PROBLÉMATIQUE 5, p. 55), mais de la connivence entre frère et sœur. Dans une des rares allusions aux thèmes de son œuvre future, il avoue chérir ce fantasme des « deux enfants perdus et discrètement incestueux » (p. 47). On comprend ici combien, ne serait-ce que pour des raisons de cohérence esthétique, l'épisode du remariage (évoqué de façon elliptique aux pages 19 et 74) avec Joseph Mancy (→ PROBLÉMATIQUE 1, p. 33) n'avait pas sa place dans *Les Mots*. Il aurait introduit une altération du personnage incompatible avec la figure poétique recréée par l'écriture.

La mère et les autres femmes

Une autre façon de protéger Anne-Marie est de réserver à d'autres figures féminines des développements moins idéalisés. La grand-mère est ainsi l'objet d'une réelle inquiétude chez Poulou. Ironique et sceptique – elle est « "l'Esprit qui toujours nie" » (p. 31), comme Méphistophélès[1] –, elle a « percé à jour » (p. 31) les impostures de son petit-fils.

Plus ridicule encore est Blanche Picard, amie d'Anne-Marie, qui déchaîne des pensées agressives inhabituelles chez Poulou :

> J'aimais et je méprisais cette vieille femme pâle et grasse, mon meilleur public ; quand on m'annonçait sa venue, je me sentais du génie : j'ai rêvé qu'elle perdait ses jupes et que je voyais son derrière (p. 89).

Dans « L'Enfance d'un chef[2] », en 1939, Mme Fleurier, mère de Lucien, avait droit à des propos qui annoncent ceux de Poulou envers Mme Picard. Après 1964, la mère de Flaubert sera critiquée dans *L'Idiot de la famille*. Anne-Marie reste la seule mère « positive » de l'œuvre sartrienne.

---

1. Personnage du démon dans le *Faust* de Gœthe (œuvre commencée en 1773), à qui est empruntée la citation.
2. Dernière nouvelle du *Mur* (1939) dont nous avons signalé l'importance pour la compréhension des *Mots*.

5 Le père absent

Sartre était orphelin de père. Alors que le lecteur attendrait un développement pathétique sur la disparition de ce père, ou au moins l'expression attendrie ou anxieuse du regret de ne l'avoir pas connu, le texte présente comme un bonheur ce coup du sort qui frappa Poulou alors qu'il n'avait que quinze mois. « La mort de Jean-Baptiste fut la grande affaire de ma vie : elle rendit ma mère à ses chaînes et me donna la liberté » (p. 18). Ce paradoxe indique combien la mort du père sert d'argument dans le procès qui oppose Sartre à la famille traditionnelle, thème présent tout au long des *Mots*.

LE PÈRE DANS *LES MOTS*

Un personnage effacé

Dans le choix qu'a fait l'auteur d'occulter l'histoire de la branche familiale paternelle au profit de celle des Schweitzer, Jean-Baptiste Sartre, mort à 32 ans, n'est guère ressuscité par la plume de son fils. On pourrait même dire que celle-ci le tue une seconde fois. Plus encore que pour les autres membres de sa famille, Sartre gomme la plupart des traits qui pourraient recomposer un portrait fidèle du défunt. Seul le beau-père, Joseph Mancy, sera l'objet d'une censure plus radicale, puisque toute mention de lui disparaîtra d'un texte dont la clôture chronologique correspond à son intrusion dans la vie de l'enfant (→ PROBLÉMATIQUE 1, p. 33). Pour Jean-Baptiste, on sait maintenant[1] que celui-ci, fils du docteur Sartre de Thiviers, fut un élève brillant, lauréat du Concours Général, polytechnicien de la promotion 1895, la même année que Georges Schweitzer (le frère d'Anne-Marie) et que Joseph Mancy (son futur époux). Officier de marine, il participa aux expéditions coloniales de la IIIe République, au Tonkin et en Cochinchine, où il contracta en 1899 une maladie qui l'emportera sept ans après. Cette vie écourtée aurait pu être présentée de façon romanesque. Mais le texte des *Mots* la réduit à des allusions dépourvues de tendresse. De Jean-Baptiste, seule subsiste une image accrochée, jusqu'au remariage de la mère, au-dessus du lit de Poulou, celle d'« un petit officier aux yeux candides, au crâne rond et dégarni, avec de fortes moustaches[2] » (p. 19). Des livres retrouvés trahissent par leurs titres un conformisme bourgeois digne des notables de Bouville. Sartre prétend les avoir revendus. Il ne garde aucun souvenir de quelqu'un qui reste pour lui aussi lointain que des personnages énigmatiques comme le Masque de Fer, frère présumé de Louis XIV, ou le chevalier d'Éon, au sexe incertain. « Ce père n'est pas même une ombre, pas même un regard » (p. 20). Un tel acharnement à nier Jean-Baptiste renvoie à un mobile profond : le désir de Sartre adulte de montrer qu'il a eu les moyens de se détacher de ses racines.

Une critique politique de la fonction paternelle

L'effacement du père fonde en fait la liberté du fils. Sartre n'a pas de mots assez durs contre le rôle que la société fait jouer au premier : « Il n'y a pas de bon père, c'est la règle ; qu'on n'en tienne pas grief aux hommes mais au lien de paternité qui est pourri » (p. 18). Cette sentence pessimiste donne à penser que les structures de la parenté étoufferaient l'originalité des conduites individuelles.

---

1. Grâce aux recherches d'Annie Cohen-Solal (voir bibliographie, p. 125).
2. *Roquentin* : dans *La Nausée*, il se moquait déjà d'un « polytechnicien mort en bas âge » (coll. « Folio », 1990, p. 137), expression reprise textuellement dans *Les Mots* (p. 18), portrait qui ressemble fort à celui de Jean-Baptiste.

À quoi l'auteur des *Mots* se félicite-t-il d'avoir échappé ? D'abord à l'imposition d'une loi. Le père transmet sa conception de l'ordre, comme dans la scène de « L'Enfance d'un chef » où M. Fleurier parle à son fils Lucien de la conduite à tenir avec les ouvriers de l'usine qu'il dirige. Poulou n'est pas Lucien : « Je ne suis pas un chef, ni n'aspire à le devenir » (p. 20). Si un père vivant impose ses préjugés sociaux et politiques à son fils, l'orphelin ne peut que se féliciter d'avoir échappé à un tel dressage idéologique. Surtout, dans la famille bourgeoise, le père est celui qui laisse du bien, un patrimoine. Pour Sartre, le fils, à qui ce patrimoine est promis, trouve dans cette possession matérielle une justification de sa présence sur terre, dans une morale qui met la propriété au centre de ses valeurs : « Les champs et la maison renvoient au jeune héritier une image stable de lui-même » (p. 73). Or Poulou ne sera jamais propriétaire de rien, mais « locataire » (p. 73), aussi bien chez les Schweitzer que plus tard chez les Mancy. On revient ici au titre premier des *Mots*, *Jean sans terre*, sans terre parce que sans père. Et dans les deux cas, la privation n'entraîne pas de malheur, mais laisse au contraire à l'enfant une occasion d'esquiver les déterminismes de sa classe. Cet itinéraire prend l'exact contre-pied, malgré des ressemblances troublantes dans les souvenirs d'enfance, de celui de Lucien Fleurier, le héros de « L'Enfance d'un chef » évoqué plus haut. L'effacement de Jean-Baptiste dans *Les Mots* est donc à mettre en relation avec la constitution d'une image de soi : celle que Sartre veut imposer au public à partir de 1953, à savoir celle d'un écrivain en rupture totale avec ses origines bourgeoises.

Cela signifie-t-il pour autant une disparition complète de la fonction paternelle ? Le dressage idéologique passera – avec une efficacité atténuée – par la voie (et la voix) du grand-père, qui relaiera ici le père disparu. En témoignent les deux occurrences de la référence à Moïse[1], d'abord appliquée à Jean-Baptiste (« l'absence du rude Moïse qui m'avait engendré », p. 93) puis

1. *Moïse* : prophète d'Israël que Sartre évoque comme figure de l'ordre et de la loi renvoyant à Charles lors du récit de la vocation (« C'était Moïse dictant la loi nouvelle. Ma loi », p. 130). Mais on peut supposer que l'enfant a vécu plus doucement sous l'autorité du « patriarche » (p. 21) que sous celle d'un géniteur qui n'est resté pour lui que biologique :

> Ma chance fut d'appartenir à un mort : un mort avait versé les quelques gouttes de sperme qui font le prix ordinaire d'un enfant ; j'étais un fief du soleil, mon grand-père pouvait jouir de moi sans me posséder (p. 21-22).

DU COMPLEXE D'ŒDIPE AU COMPLEXE D'ÉNÉE

La critique de la psychanalyse

L'absence du père ne sert pas seulement Sartre dans sa stratégie de reniement de la bourgeoisie, sa classe sociale d'origine. Elle lui permet aussi de revenir, à l'occasion de son cas, sur un combat déjà ancien qu'il menait contre les théories de Sigmund Freud.

Lorsqu'on écrit sur son enfance après 1950, il est difficile de ne pas tenir compte de la révolution psychologique et morale que provoqua la psychanalyse au début du XXe siècle[1]. Autobiographie et psychanalyse se rejoignent en effet par une même insistance sur l'histoire de la formation d'une personnalité. Pour Freud, les premières années d'un individu fondent de façon déterminante les traits de caractère de l'adulte. Or, dès ses premiers essais philosophiques, Sartre reproche à cette théorie de dissoudre l'originalité de chaque vie particulière dans un schéma explicatif trop général. Tel est le cas, par exemple, de l'hypothèse freudienne du complexe d'Œdipe[2], selon lequel tout garçon

1. La première publication de *L'Interprétation des rêves*, essai de Freud qui fit connaître ses théories, eut lieu en 1900.
2. *Œdipe* : roi légendaire de la ville de Thèbes, en Grèce, qui, sans le savoir, tua son père et épousa sa mère Jocaste. Sophocle en fit le sujet d'*Œdipe roi* (Ve siècle av. J.-C.).

souhaiterait inconsciemment voir disparaître son père, rival dans l'affection d'une mère désirée. Or l'individu pour Sartre n'est pas le produit mécanique d'un désir refoulé dans l'inconscient – une notion qu'il récuse. Au contraire, il se constitue par un « projet originel », un choix libre de soi dans les « situations » que lui offre la vie. On trouve dans *Les Mots* un écho de ces analyses, qui étaient développées dans *L'Être et le Néant* en 1943. Dans son cas personnel, Sartre affirme en effet, à propos de la vocation d'écrivain imposée par Charles, avoir « entre huit et dix ans, repris à [son] compte dans l'arrogance, le mandat soi-disant impératif qu'[il] avai[t] reçu dans l'humilité » (p. 135).

Il refuse aussi l'importance donnée par Freud à la sexualité. Très discret sur ce chapitre en ce qui le concerne[1], il parle dans *Les Mots* d'une « névrose » (p. 186) dont l'origine n'est pas sexuelle – ce qui renverrait à la psychanalyse freudienne – mais culturelle. Il détourne ainsi le sens de ce terme qui appartient au lexique de la pathologie mentale et qui désigne la conduite obsessionnelle d'un individu qui ne s'adapte plus à la réalité. Il en va de même pour une « folie » (p. 45) plusieurs fois proclamée et qui se résume souvent à une trop grande soumission à ce que les autres attendent de lui. C'est toujours avec une ironie diffuse que sont utilisés dans le livre d'autres mots techniques du lexique freudien comme « Œdipe » ou « Sur-moi » : le premier est « incomplet » (p. 24) et le second n'existe pas (p. 19).

D'un mythe à l'autre

Sartre ne consent en effet à utiliser ces termes de la psychanalyse que pour les vider de leur sens. Son état d'orphelin lui permet d'offrir à la théorie de Freud un double et vivant démenti. Il a échappé par le décès de Jean-Baptiste à l'imposition de la loi par le père, au principe d'autorité (le « Sur-moi », p. 19) qu'il incarne. Il n'a pas eu non plus à jalouser quelqu'un qui lui ravirait l'amour

1. À part le fantasme de l'inceste entre frère et sœur, voir la note de Sartre à la page 47.

de la mère (l'Œdipe). En faisant opportunément disparaître Jean-Baptiste en 1906, le destin a fait en quelque sorte le travail pour lui. Par cet argument de fait aussi élémentaire qu'irréfutable, Sartre démystifie un des dogmes de la psychologie moderne. Les freudiens orthodoxes verront bien sûr dans ce rejet un exemple de dénégation, c'est-à-dire un refus dont l'insistance est telle qu'il signale précisément une vraie névrose, médicale cette fois, de l'intéressé. Au lecteur de choisir, en fonction de ses propres principes. Démystifier n'est pas cependant synonyme de démythifier. L'image de son père lui inspire une référence culturelle qui superpose au mythe grec d'Œdipe une autre légende antique, popularisée dans l'épopée latine. C'est en effet la figure d'Énée, héros de *L'Énéide* de Virgile[1], qui incarne pour Sartre les malédictions du « lien de paternité » (p. 18). Reprenant le récit que le héros fait au livre 2 de la chute de Troie, il évoque la fuite des survivants de la ville en flammes, Énée portant sur ses épaules son vieux père Anchise pour franchir une rivière. Cette allégorie montre que les pères écrasent toujours les fils. Elle prend au pied de la lettre la notion de « Sur-moi » (p. 19), pour mieux montrer à quelle pesanteur Poulou a échappé. Ce fantasme de l'oppression verticale introduit, dans le texte des *Mots*, une des premières allusions à Jean-Baptiste : « Eût-il vécu, mon père se fût couché sur moi de tout son long et m'eût écrasé » (p. 18). On retrouve ici une figuration concrète de l'horreur de la passivité, sur laquelle l'imaginaire sartrien peut broder à l'infini. L'auteur des *Mots* tient à se présenter au lecteur comme un anti-Œdipe, comme un Énée délivré d'Anchise, comme le fils de ses œuvres, à tous les sens du terme, et non celui d'un homme.

---

1. *Virgile* (70-19 av. J.-C.) : poète latin du siècle d'Auguste. Un fragment non traduit de *L'Énéide* était déjà cité dans *La Nausée* (coll. « Folio », 1990, p. 137). L'épopée raconte le destin d'Énée, prince troyen fuyant sa ville après la prise de celle-ci par les Grecs. Il sera à l'origine de la fondation de Rome.

6 De Poulou à Sartre

Écrire sa vie – définition élémentaire de ce genre particulier de récit qu'on appelle autobiographie (→ PROBLÉMATIQUE 8, p. 68) – entraîne une curieuse conséquence : celui qui raconte est en même temps celui qui est raconté. Le narrateur et le personnage ne font qu'un. Mais ce « moi » est éclaté. Une séparation s'installe entre l'adulte qui se souvient et l'individu qu'il a été. Cette distance temporelle est particulièrement importante dans *Les Mots*, récit d'enfance écrit par un quinquagénaire. L'enfant et l'écrivain y paraissent souvent opposés par les années qui les séparent. Un des charmes du texte réside dans le mélange paradoxal de complicité et d'hostilité que Sartre manifeste vis-à-vis de Poulou.

L'ENFANT PERSONNAGE

Un enfant passif

Le corps de Poulou

Il va de soi qu'un jeune enfant est de petite taille. Mais cela dure longtemps chez Poulou, présenté à huit ans comme « resté portatif et d'un maniement aisé » (p. 111). Les adultes en profitent pour le manipuler comme un jouet. Ce thème de l'enfant-poupée, déjà présent au début de « L'Enfance d'un chef », se retrouve plusieurs fois dans *Les Mots*. Les invités de la fête de l'Institut le « tripotent docilement » (p. 34). Le grand-père le fait sauter sur ses genoux (« À cheval sur mon bidet », p. 49). Ce sont là les signes physiques d'une manipulation morale plus grave, la manipulation par les adultes de ses actes et de ses pensées. Plus petit que les autres (et Sartre le restera[1]), Poulou subit l'expérience de la différence et de l'exclusion, lorsqu'il est confronté aux « héros de chair et d'os » (p. 111), les grands et beaux enfants du jardin du Luxembourg. Il comprend qu'il n'est qu'« un gringalet qui n'intéressait personne » (p. 111) et en retire une amertume (→ LECTURE 4, p. 120) que ses délires imaginaires chercheront à compenser.

Le corps de l'enfant est présenté comme une source de problèmes. Ses premiers mois de nourrice sont marqués par la maladie (l'« entérite », p. 16). On apprend ensuite qu'il fut « un enfant délicat » (p. 75), souvent souffrant. Il subira l'opération de l'appendicite (p. 86). Une taie sur l'œil droit le « rendra borgne et louche » (p. 26). Une fois ses boucles coupées, le chérubin blond se révèle un « crapaud » (p. 87), emblème d'une « laideur » (p. 204) qui tourmentera Sartre adulte. Cette image négative du corps, renvoyée par le miroir, explique son admiration pour les héros athlétiques des bandes dessinées, alors que la réalité renvoie Poulou au lot commun des écrivains, qui, selon Sartre avaient été comme lui « des enfants rachitiques » (p. 133).

Un être diminué

Innombrables sont dans le texte les comparaisons de Poulou avec les animaux, voire même avec des êtres appartenant à des degrés inférieurs du règne de la matière. Ce « crapaud » (p. 87) est souvent sujet à une « stupeur animale » (p. 78). Il se métamorphose tantôt en oiseau (« d'un bond perché plus haut que mon âme », p. 90), tantôt en poisson (« dans mon joli bocal », p. 70), ou en « vermine », en « mouche » (p. 78), en « méduse » (p. 91), en singe (p. 116, 119, à propos de l'écriture) ou en « chat » (p. 88). Le diminutif affectueux de « Poulou » n'évoque-t-il pas aussi, de façon péjorative, une « poule mouillée » (p. 86), ainsi que les conduites et les discours ampoulés d'une volaille stupide et criarde ? L'image la plus fréquente est celle du chien,

---

1. Il mesurera adulte 1, 57 m.

animal domestique qui incarne – surtout lorsqu'il est de petite taille – la soumission passive à ses maîtres. L'enfant se change ainsi plusieurs fois en chien (p. 78), « chien de salon » (p. 92) ou « caniche d'avenir » (p. 27). Le « cabotinage » (p. 31) que la grand-mère remarque chez lui est à relier à cette comparaison : ce chien n'est qu'un cabot, un animal stupide et soucieux de plaire.

La régression se poursuit vers le bas, lorsqu'on passe de l'animal vivant à l'animal mort : « Karl m'avait retourné comme une peau de lapin » (p. 131), ou de l'animal au végétal : « une fleur en pot » (p. 75), « un arbre » (p. 78). Comme les comparses ridicules du grand-père, Poulou régresse enfin parfois du végétal au minéral, en se pétrifiant : à l'église, « à genoux sur le prie-Dieu », il se transforme lui aussi en « statue » (p. 25). Perdant toute individualité, il devient une sorte de phénomène physique : il rend à sa famille la culture dont il est imprégné « comme les étangs, au soir, rendent la chaleur du jour » (p. 35). Toutes ces métaphores dénoncent le difficile accès de l'enfant à une personnalité autonome.

Un être conformiste

Modelé par les autres, l'enfant est celui qui ne parle pas. Et quand il parle, il ne fait que répéter les mots des autres. Poussé par son entourage à faire justement des « mots d'enfant » (p. 27), Poulou en rajoute dans le sublime, jusqu'à la catastrophe du carnet de Mme Picard (p. 89-91). À Arcachon, séduit par le sérieux de M. Barrault, l'instituteur, il se qualifie de « snob » (p. 67). Bien élevé, il ne fera, pour s'essayer à l'expérience du « sacrilège », que murmurer : « Le père Barrault pue » (p. 68). Aussitôt après, il ne peut que s'enfuir en pleurant. Comparé au petit Lucien Fleurier de « L'Enfance d'un chef » qui n'hésite pas à hurler, Poulou n'ose pas crier « Badaboum ! » (p. 25) en pleine messe ni faire pipi dans le bénitier : « je crains bien trop le scandale ; si je veux étonner, c'est par mes vertus » (p. 25). Sur une photo, on lit dans son regard « une déférence affable pour l'ordre établi » (p. 26). Ces traits accumulés donnent l'image du « monstre » (p. 91) que lui-même aperçoit – c'est du moins ce que dit Sartre – quand il va grimacer de dépit devant un miroir. Monstruosité due aux adultes (l'enfant est « ce monstre qu'ils fabriquent avec leurs regrets », p. 70), qui réduisent cet enfant à la passivité, une des notions les plus chargées chez Sartre de connotations négatives.

Les promesses d'une révolte

Quelques passages des *Mots* viennent heureusement nuancer ce portrait de l'enfant en marionnette privée de vie autonome.

Les livres

« J'ai commencé ma vie comme je la finirai sans doute : au milieu des livres » (p. 35). Cette phrase inaugure un développement sur les découvertes de Poulou dans la bibliothèque familiale où il fait figure de grand aventurier des mots, faute de vivre dans le monde des aventures réelles. Certains mots font peur, d'autres laissent pressentir des mystères inconnus, d'autres déclenchent la révolte. Troublé, séduit ou indigné, l'enfant échappe aux mensonges de la comédie quotidienne pour « rejoindre la vie, la folie dans les livres » (p. 45).

L'imagination

« Enfant imaginaire, je me défendis par l'imagination » (p. 94). Celle-ci procure en effet son principal espace de liberté à l'enfant. Il s'adonne à ses rêveries de façon active, avec une sensibilité qui s'exprime sans réserves. Dans l'épisode de la séance de cinéma (p. 99-100), toutes faiblesses physiques oubliées, il participe de ses cinq sens à la magie qui l'entoure (→ LECTURE 3, p. 114). Rejouant pour lui-même au son du piano maternel les épisodes de ses feuilletons favoris, il s'agite bruyamment dans le bureau du grand-père, au point qu'Anne-Marie craint les plaintes des voisins (p. 105) – ce qui contredit l'image de l'enfant sage qui censure son désir de transgresser l'ordre établi. L'écriture sera le lieu par excellence de la libération par l'imaginaire. L'enfant y trouve une puissance qui lui est refusée ailleurs, lorsqu'il s'aperçoit qu'il est le maître, par sa plume, de la vie et de la mort de ses premiers personnages.

L'attention aux autres

Fils unique et orphelin, Poulou semble voué à la solitude. Il échappe cependant à celle-ci grâce à une curiosité qui le fait s'interroger non plus sur les livres mais sur les manifestations de la vie réelle, sur les personnes et sur les objets. Son ordre personnel vacille lorsqu'il découvre le graffiti injurieux à l'égard de l'instituteur d'Arcachon. Par la violence d'un langage inconnu, il pressent la violence du monde dont le sépare son éducation trop douillette. Lorsque son grand-père lui fait donner des leçons particulières par Mlle Marie-Louise, il découvre dans les confidences de celle-ci qu'une vie peut être malheureuse, sans espoir de salut : « l'ordre du monde cachait d'intolérables désordres » (p. 70). « Dans l'inconfort égalitaire des salles » de cinéma (p. 101), il côtoie « des soldats, les bonnes du quartier, [...] des ouvrières en cheveux » (p. 100) : ce monde n'est pas le sien (les chapeaux des bourgeoises rassurent son conformisme), mais cette expérience heureuse lui indique qu'il existe un autre univers social. L'étape ultime, dans le récit, de cette ouverture à l'extérieur, est l'entrée en Sixième au lycée Henri-IV. Poulou s'y habitue à la « démocratie » (p. 180) et y noue des amitiés : « Moi, l'exclu des jardins publics, on m'avait adopté du premier jour et le plus naturellement du monde » (p. 180). « Homme parmi les hommes » (p. 180), il va jouer à la balle dans la rue, comme tous les garçons de son âge. Le portrait de l'enfant échappe ainsi en partie à l'impression générale de faiblesse, de conformisme et de passivité.

LE NARRATEUR ADULTE

Le narrateur d'une autobiographie possède, par rapport au personnage qu'il fut, le recul des années pour juger de son passé. Sartre ne s'en prive pas dans *Les Mots*, livre qui exhibe le décalage entre le passé et le présent, entre l'ignorance coupable et la lucidité conquise.

La mise en scène de l'écriture

Opposé au temps des événements racontés (de 1905 à 1917), le temps de l'écriture du livre (entre 1953 et 1963) est plusieurs fois explicitement mentionné dans *Les Mots*. Par exemple, dans la première partie, on peut lire : « Aujourd'hui encore – 1963 » (p. 47), ou, de façon plus précise : « Aujourd'hui, 22 avril 1963, je corrige ce manuscrit au dixième étage d'une maison neuve » (p. 52). Le narrateur se met en scène en train de rédiger son autobiographie, façon de se glisser dans le récit comme nouveau personnage, double de l'enfant qu'il a été, et parfois concurrent redoutable de celui-ci. Dans la partie « Écrire », cette concurrence est spectaculaire : le lecteur éprouve quelque mal à suivre les épisodes pittoresques dont Poulou est le héros (la guerre de 1914 ou l'entrée au lycée), au milieu d'un texte où dominent les considérations de l'adulte sur les aléas de la vocation d'écrivain. À partir de la page 201, c'est la voix du Sartre de 1963 qui domine.

Présence du quinquagénaire

Le Sartre présent et le Sartre passé – souvent distingué du premier par le sobriquet de « Poulou », décidément très commode pour marquer une apparente rupture entre les deux – se présentent en fait ensemble au lecteur dans un jeu de miroirs qui donne parfois le vertige, comme l'attraction foraine du « palais de glaces » (p. 126). L'adulte accompagne l'enfant de ses jugements, de ses idées et de ses sentiments. Peut-il d'ailleurs en être autrement dans un livre qui vise moins la résurrection d'un paradis perdu que la constitution d'une image cohérente de soi ?

7 Les techniques de narration

Évoquer la présence constante de Sartre pour rendre compte des jeunes années de Poulou amène à s'interroger sur la narration elle-même. Le livre voulu par l'écrivain quinquagénaire obéit à des perspectives strictes et à un ordre du récit qui ne doivent rien au hasard ou au caprice de la mémoire.

UN POINT DE VUE OMNISCIENT

Dans ses articles recueillis dans *Situations, I* en 1947[1], Sartre insistait sur la « liberté » du personnage romanesque, principe indispensable selon lui à l'intérêt que le lecteur peut porter au récit. Dans ses romans, il essaiera de respecter la règle selon laquelle le narrateur n'en sait jamais plus que ses personnages, en donnant à voir les événements de la fiction par les regards des protagonistes.

Dans *Les Mots* en revanche, le narrateur adulte ne laisse guère d'autonomie à son petit personnage. Objet d'un jugement moral constant, ce dernier est pris sur le fait dans ses conduites de « cabotinage » (p. 31). Il ment, il est « snob » (p. 67). Les rares citations directes des propos de l'enfant sont autant d'occasions de caricaturer les contorsions du « caniche d'avenir » (p. 27), comme la calamiteuse formule : « Être un soldat et venger les morts » (p. 90) inscrite sur le carnet de Mme Picard. Seuls les propos tenus en compagnie d'Anne-Marie ne le ridiculisent pas. La vision que d'autres personnages ont de Poulou est acceptée dans

1. Repris chez Gallimard dans la collection « Folio-Essais » sous le titre *Critiques littéraires*, 1993.

le texte dans la mesure où elle va dans le même sens (critique) que celle du narrateur. C'est le cas de l'avis de M. Liévin, instituteur privé recruté par la grand-père, dont Sartre dit : « je crois qu'il me prenait non sans raison pour un enfant retardé » (p. 66).

Dans des passages où le narrateur laisse plus de vie – et de vraisemblance – au personnage de l'enfant, ce narrateur adulte n'est jamais très loin cependant pour prendre le relais des émotions ou des réactions qu'il retranscrit. On citera ici le ballet de Poulou et de Charles à Meudon (p. 23-24), où les références culturelles, à l'art de la danse, à la photographie et à Victor Hugo, ne sauraient être celles d'un enfant de cinq ans.

Cette présence de l'adulte, cette surveillance critique des faits et gestes de l'enfant peuvent faire penser à une résurgence paradoxale d'une fonction paternelle niée par ailleurs dans le livre (→ PROBLÉMATIQUE 5, p. 53). Sartre s'institue en père de Poulou, en particulier par la fonction d'autorité qu'il assume rétrospectivement sur lui. On trouve ici la conséquence morale d'un travail d'écriture dont un passage des *Mots* précise justement qu'il entraîne l'écrivain vers « toutes les tentations du pouvoir » (p. 122) vis-à-vis des créatures qu'il couche sur le papier.

LA STRUCTURE DU RÉCIT

L'impression immédiate qu'on retire de la lecture des *Mots* n'est pas celle d'un flottement devant les tremblés d'une mémoire infidèle. On assiste au contraire à un récit de bout en bout maîtrisé, qui donne un effet de totale cohérence. Comme l'a vu le critique Philippe Lejeune, l'ordre du récit[1], qui assure cet effet de cohérence, est un ordre paradoxal : chronologique en apparence, il masque une logique qu'on attend davantage d'une démonstration philosophique que de l'évocation capricieuse du passé.

1. « L'ordre du récit dans *Les Mots* de Sartre », in *Le Pacte autobiographique*, Seuil, 1975, p. 197-243 (voir bibliographie, p. 125).

Une chronologie brouillée

Principe d'organisation habituel du récit autobiographique, l'ordre chronologique semble à première vue respecté par Sartre. De 1905, année de sa naissance, à l'année scolaire 1916-1917, les mentions d'années sont nombreuses, quelquefois accompagnées de la mention des mois. Nombreuses aussi sont les formules comme « j'ai cinq ans » (p. 23), « à quatre ans » (p. 24), « un jour – j'avais sept ans » (p. 86), qui proposent au lecteur un calcul sans difficulté. On lit aussi des informations de chronologie relative, mettant en perspective les événements racontés : « l'automne suivant » (p. 68), « vers ce temps » (p. 80), « l'année précédente » (p. 121), « deux mois plus tôt » (p. 132), « deux ans plus tôt » (p. 145), « deux ans plus tard » (p. 170), etc. Ces mises en perspective sont particulièrement fréquentes dans la seconde partie, « Écrire ». Malgré ces renseignements, il reste cependant impossible de reconstituer dans le détail la chronologie des transformations intérieures de Poulou. Quand apprend-il exactement à lire ? à écrire ses premiers romans ? à passer aux « *vraies* lectures » (p. 61) ? à se fabriquer une vocation d'écrivain ? En dehors du cadre fourni par des repères objectifs (le déménagement de Meudon à Paris en 1911, la guerre de 1914, l'entrée au lycée, etc.), les faits évoqués ressemblent à un défilé de souvenirs « sans date » (p. 198), comme celui qui termine le récit avant l'épilogue. Le texte prévenait d'ailleurs le lecteur : « L'enfance bourgeoise vit dans l'éternité de l'instant » (p. 78) ; le temps s'y replie en de « molles spirales » (p. 158).

Le coup de force le plus spectaculaire des *Mots* reste de faire prendre la seconde partie comme la suite chronologique de la première (« Écrire » succède à « Lire », le passage à l'écriture étant explicitement annoncé comme « une imposture nouvelle » à la page 112). Or il n'en est rien. Les deux parties parlent ensemble de la même période 1905-1917. Cette impression de progrès est donc à mettre à l'actif d'une autre cause que la durée.

L'organisation des thèmes

Devant la difficulté que peut éprouver tout individu, qu'il soit ou non écrivain, à reconstituer l'ordre de ses premiers souvenirs, une solution serait de les regrouper par thèmes. Beaucoup de récits d'enfance procèdent ainsi et celui de Sartre semble ne pas faire exception. On trouve bien dans *Les Mots* les développements attendus sur la famille, la lecture, l'école, la religion, avec une qualité de pittoresque qui valut au livre une audience immédiate. Mais au lieu d'être proposés au lecteur dans l'ordre capricieux d'une collection, ces thèmes obligés se trouvent enserrés dans une argumentation en constant progrès logique. Philippe Lejeune compare cette construction à celle d'une pièce de théâtre en cinq actes, avec exposition, nœud, péripéties et dénouement. L'intrigue en serait la constitution de la « folie » (p. 45) de Poulou-Sartre : de comédie en comédie, le héros malheureux de cette tragédie domestique finira par intérioriser, malgré les satisfactions dues à l'imagination, malgré l'amour de la mère et la découverte des camarades de lycée, la mission d'écrivain-professeur imposée par Charles Schweitzer. Cette intrigue suivrait moins la chronologie – l'évolution d'un enfant – que les retournements permanents entre deux forces en présence : la liberté et son contraire, l'aliénation. Cette série de chocs et de coups de théâtre procède d'une écriture dialectique, selon les deux sens que possède ce mot : d'une part une écriture du conflit permanent, de la tension entre authenticité et imposture ; de l'autre, une logique de la thèse et de l'antithèse qui ne trouvera de résolution (artificielle ?) que dans la synthèse finale, l'épilogue où l'adulte s'affirme débarrassé de ses illusions premières, mais continue à faire des livres parce que c'est son « métier » (p. 205).

Les techniques narratives utilisées dans le livre s'éclairent mieux à la lumière de cette volonté de donner un sens cohérent à une enfance reprise et repensée dans la perspective de la vie d'un adulte.

8 Autobiographie et roman

Après avoir signalé les singularités d'une narration particulièrement contrôlée, il est temps de se demander à quel genre littéraire appartiennent *Les Mots*. Un récit d'enfance est un récit autobiographique. Mais Sartre, qui multiplie dans le sien les attaques contre une enfance qu'il « déteste » (p. 135), n'y attaquerait-il pas aussi les stéréotypes propres à la narration des premières années et des premiers souvenirs ?

UNE AUTOBIOGRAPHIE PARADOXALE

Les travaux de Philippe Lejeune, en particulier dans son essai sur *Le Pacte autobiographique*[1], sont particulièrement utiles pour répondre à cette question.

Définition de l'autobiographie

La définition que Lejeune donne de l'autobiographie est la suivante : il s'agit d'un « récit rétrospectif en prose qu'une personne réelle fait de sa propre existence, lorsqu'elle met l'accent sur sa vie individuelle, en particulier sur l'histoire de sa personnalité[2] ». D'autre part, il y a une nécessaire identité entre l'auteur, le narrateur et le personnage principal. Le récit d'enfance de Sartre répond formellement à tous ces critères. Encore faut-il que l'auteur assure son lecteur de son intention de restituer son passé avec la plus grande authenticité possible. Se pose ici la question à la fois élémentaire et incontournable de la sincérité

1. Voir bibliographie, p. 125.
2. *Le Pacte autobiographique*, *op. cit.*, p. 14.

du projet d'écriture. Une sorte de contrat doit être conclu entre l'auteur et le lecteur pour garantir à ce dernier qu'il ne lit pas une fiction.

La présentation des *Mots*

Faute d'informations directes sur la vie d'un auteur, le lecteur moyen est en effet obligé de lui accorder sa confiance quand lui est donné à lire le récit de cette vie. Le genre autobiographique repose sur cette confiance, qui se nourrit exclusivement des déclarations par lesquelles l'autobiographe – à l'intérieur de son texte ou hors de lui – souscrit un pacte qui en accrédite la vérité, ou au moins la vraisemblance. Ce pacte peut être par exemple une préface, ou d'autres interventions de l'auteur en dehors du texte proprement dit. Il peut aussi se trouver à l'intérieur du livre. Or, dans le cas des *Mots*, aucune préface ne vient commenter le volume paru en 1964. Seuls les lecteurs russes auront droit à quelques lignes de présentation à l'occasion de la publication en revue de l'ouvrage (traduit par « Madame Z. », Léna Zonina, une amie soviétique dont l'initiale mystérieuse forme une étrange dédicace pour le lecteur non informé). Aucune indication de genre n'est précisée en couverture. Dans la liste des œuvres donnée en fin de volume par l'éditeur, *Les Mots* sont rangés dans la catégorie commode et générale de « littérature ». Le terme « autobiographie » n'apparaît pas dans le texte (alors qu'« autocritique » est utilisé à la page 194). Sans doute Sartre se jugeait-il suffisamment célèbre pour se dispenser de présenter officiellement aux lecteurs français un ouvrage annoncé dans de précédentes interviews. Un entretien avec Jacqueline Piatier, dans *Le Monde* du 18 avril 1964, tiendra lieu de postface. Sartre y revient surtout sur le fond du livre sans s'expliquer sur sa méthode ni sur son désir de vérité.

Un pacte de lecture tardif

Il faut attendre 1975 pour que, interrogé sur ce point par Michel Contat, Sartre donne enfin une réponse surprenante :

> *Les Mots* n'est pas plus vrai que *La Nausée* ou *Les Chemins de la liberté*. Non pas que les faits que j'y rapporte ne soient pas vrais, mais *Les Mots* est une espèce de roman aussi, un roman auquel je crois, mais qui reste malgré tout un roman[1].

Sartre demande donc qu'on lise son texte dans la perspective de ses œuvres de fiction antérieures. Il propose pour lui un pacte de lecture plus romanesque qu'autobiographique. Même en faisant la part du goût de l'auteur pour la provocation, on sera néanmoins troublé par cette déclaration qui remet en cause tant la création que la réception du livre.

Sartre et la sincérité

Dans le texte des *Mots*, la question de la vérité affleure à plusieurs endroits. Comme tout auteur de récit d'enfance, Sartre se heurte à la difficulté de rassembler ses souvenirs et de mettre en ordre la nébuleuse affective enfouie dans la mémoire.

> Mes premières années, surtout, je les ai biffées : quand j'ai commencé ce livre, il m'a fallu beaucoup de temps pour les déchiffrer sous les ratures (p. 193).

Il s'ensuit la tentation de reconstruire peut-être arbitrairement une personnalité oubliée, de donner *a posteriori* une cohérence à ce qui n'en avait pas. Un doute l'assaille parfois :

> Ce que je viens d'écrire est faux. Vrai. Ni vrai ni faux comme tout ce qu'on écrit sur les fous, sur les hommes. J'ai rapporté les faits avec autant d'exactitude que ma mémoire le permettait. Mais jusqu'à quel point croyais-je à mon délire ? C'est la question fondamentale et pourtant je n'en décide pas (p. 59).

L'auteur reconnaît donc que lui échappe une partie du vécu qu'il veut reconstituer.

Cela est d'ailleurs fréquent dans le récit d'enfance, cette partie de l'autobiographie où l'écart chronologique est le plus grand entre le temps de l'existence et le temps de la narration.

1. *Situations, X*, Gallimard, 1976, p. 146.

Cependant il ne faudrait pas étendre à tout le livre ces aveux de perplexité. Sartre part à la recherche d'un passé lointain non pour s'attendrir sur celui-ci mais pour présenter au lecteur un récit où ce passé explique ce qui suivra : le récit des origines d'une vie d'adulte marquée par le désir d'écrire. La cohérence qu'il souhaite donner à ce récit l'a amené à user de procédés qu'on rencontre plutôt dans le roman traditionnel à vocation didactique.

Un récit orienté

Dans *Les Mots*, les traits des personnes réelles sont recomposés, sélectionnés, réduits parfois. Les éléments du caractère du grand-père ont été poussés au noir. À l'inverse, l'image de la mère est idéalisée. Un système antithétique fonctionne alors entre personnages positifs et personnages négatifs, selon qu'ils favorisent l'initiation de Poulou à l'autonomie ou qu'ils s'y opposent. De même, des souvenirs conservés par l'auteur mais qui nuanceraient à l'excès l'image négative qu'il veut donner de lui sont systématiquement écartés. Il fallait par exemple que l'enfant, présenté comme solitaire avant son entrée au lycée, connût l'échec dans ses tentatives d'élan vers autrui. Poulou ne doit séduire personne. Le jardin du Luxembourg est ainsi le lieu par excellence du rejet du « gringalet » (p. 111) par les autres enfants. Or les *Carnets de la drôle de guerre*, les *Entretiens* de 1974 avec Simone de Beauvoir et même un passage du manuscrit de *Jean sans terre* évoquent au contraire comment, dans ce même décor, Poulou improvisa un théâtre de marionnettes qui attirait un public de petits spectateurs. Ce qui lui permit de séduire une certaine Nicole : « ce fut ma “fiancée” du moment, et elle m'était particulièrement chère parce que j'avais obtenu son affection par le moyen de mes inventions[1]». Cet épisode a été moins oublié que censuré, pour préserver la cohérence romanesque du personnage de l'enfant.

1. *Carnets de la drôle de guerre*, *op. cit.*, p. 503.

La transformation volontaire des souvenirs

La lecture des *Carnets*, des entretiens autobiographiques et de la biographie d'Annie Cohen-Solal[1] permet souvent de prendre Sartre en flagrant délit de contradiction dans la réinterprétation du passé. Par exemple, la condamnation dans *Les Mots* d'une vocation littéraire imposée par un grand-père qui prend la littérature pour un substitut coupable de la religion surprendra les lecteurs des *Carnets* de 1939-1940. Dès cette époque, Sartre évoque déjà son rapport au sacré, mais pour conclure :

> J'imagine qu'on trouverait difficilement de nature moins religieuse que la mienne. [...] D'ailleurs j'ai été élevé et éduqué, en somme, par des parents et des maîtres dont la plupart avaient été champions de la morale laïque et tenté partout de la substituer à la morale religieuse[2].

Ce qui amène à nuancer l'épilogue du livre de 1964 (→ RÉSUMÉ 2, p. 27).

Autobiographie et autofiction

Cet exemple laisse entrevoir combien est fragile la notion de sincérité lorsqu'un autoportrait est esquissé puis repris à différentes périodes de la vie d'un écrivain. Un sens nouveau de l'existence se superpose à un autre, plus ancien. Le portrait de 1964 s'imposera par la vigueur d'un récit qui sacrifie beaucoup à l'exemplarité. En fin de compte, on pourrait appliquer aux *Mots* la définition utilisée par Sartre à propos de son ouvrage ultime, la biographie de Flaubert : pour cet essai, le « roman auquel je crois » est devenu un « roman vrai ». On pourrait aussi parler d'« autofiction », terme récent[3] qui désigne justement ces écrits intimes qui rusent avec le lecteur, le promenant aux frontières de l'illusion et du réel.

---

1. Voir bibliographie, p. 125.
2. *Carnets de la drôle de guerre*, *op. cit.*, p. 267.
3. Terme dû au critique et écrivain Serge Doubrovsky, grand admirateur des *Mots*.

9 Une « entreprise de démystification »

Sartre terminait en ces termes la brève présentation qu'il rédigea à la fin de 1964 pour les lecteurs de la traduction russe des *Mots* (→ PROBLÉMATIQUE 8, p. 69) : « Je demande qu'on prenne ce petit livre pour ce qu'il est : une entreprise de démystification ». Démystifier son enfance, c'est pour lui s'attaquer aux mythes liés d'ordinaire à la famille, à la société et à la vocation littéraire.

DÉMYSTIFIER LA FAMILLE

Ressuscitant ses premières années, Sartre se place du côté des écrivains qui, au lieu de regretter une période abolie de bonheur et d'innocence, dénoncent les abus de pouvoir des adultes.

« La comédie familiale »

La famille est pour Sartre le lieu d'un spectacle permanent. Ses membres se croient obligés de jouer des rôles convenus, à l'opposé d'une spontanéité plus humaine. Le lexique des *Mots* est ici très clair : le terme « comédie » revient vingt fois – dont cinq fois avec une majuscule – dans les deux cents pages du livre. On notera aussi le retour plus ou moins fréquent de mots comme « acteur » (p. 117), « bouffonneries » (p. 28), « répétitions » (p. 88), « cabotinage » (p. 31), « comédien » (p. 78), « coups de théâtre » (p. 28), « jouer » (p. 88), « personnage » (p. 72), « polichinelle » (p. 31), « public » (p. 25), « rampe » (p. 71), « représentation » (p. 88), « rôle » (p. 24), « scène » (p. 88), « vedette » (p. 88), etc.

À la fois acteur et metteur en scène des événements de la famille, le grand-père Schweitzer multiplie les poses (→ PROBLÉMATIQUE 3,

p. 43) : il trahit sa nature théâtrale en montant sur la scène d'un cinéma d'Arcachon, en septembre 1914, pour annoncer aux spectateurs la victoire française de la Marne (p. 21). Même en privé, il se compose un visage (la tête de Victor Hugo) et il règle en bon acteur ses gestes selon des codes précis : c'est, à la table familiale, « le coup de l'index » (p. 130) désignant en silence et avec autorité les objets qu'il désire, qui en impose à Poulou. Il fait jouer à Anne-Marie un rôle qui n'est pas le sien, lorsqu'elle participe à la conspiration qui vise à faire de l'enfant un enseignant doublé « d'un écrivain mineur » (p. 134).

À part la tendresse de la mère (« ce dévouement seul me semble vrai », p. 29), tout sonne faux dans cette « comédie familiale » (p. 78). La générosité apparente du grand-père cache des motifs égoïstes : le vieil homme veut faire de Poulou une marionnette à son image. Jouant pleinement de la séparation entre le théâtre et la vie, Sartre laisse surtout entendre que cette comédie l'a séparé du monde extérieur. Elle s'est déroulée en vase clos, dans l'espace renfermé du bureau-bibliothèque de Charles Schweitzer, alors que la vraie vie était dans les rues de la grande ville, avec ses kiosques à journaux, ses jardins et ses cinémas, où l'enfant fut heureusement guidé par une mère aimante.

L'enfant comédien

« Comment jouer la comédie sans savoir qu'on la joue ? » (p. 70) se demande le narrateur. La situation de l'enfant est en effet cruelle : faute de distance, il ne peut pas faire la part entre le vrai et le faux dans les conduites des autres ni même dans ses propres réactions. Il se glisse dans le rôle qu'on lui fait jouer sans savoir que c'est un rôle, à la fois victime et complice de ce théâtre permanent. Par conformisme (→ PROBLÉMATIQUE 6, p. 60), il se plaît à renvoyer aux adultes l'image que ceux-ci attendent de lui. Il n'existe qu'en fonction de leur regard. Fragile et malléable, il court le risque de se voir voler toute individualité. Il y a danger de mort morale, dans cette comédie qui risque de tourner au tragique :

Ma vérité, mon caractère et mon nom étaient aux mains des adultes ; j'avais appris à me voir par leurs yeux ; j'étais un enfant, ce monstre qu'ils fabriquent avec leurs regrets (p. 70).

DÉMYSTIFIER LA SOCIÉTÉ

À l'origine, Sartre avait l'intention d'écrire des Mémoires représentatifs d'une époque et d'une génération (→ PROBLÉMATIQUE 2, p. 39). De ce projet initial, il reste dans *Les Mots* une série d'allusions à cette histoire collective qui encadre l'histoire individuelle de Poulou. C'est le milieu dans lequel a évolué l'enfant, la société française autour de la Première Guerre mondiale. L'image qu'en donne Sartre n'est guère flatteuse.

La Troisième République

Poulou naît en 1905, au cœur de ce qu'on a appelé la « Belle Époque », dans un milieu de petits-bourgeois fonctionnaires. La Troisième République, inaugurée en 1871, est alors définitivement assise. Le Parti Radical domine la vie politique depuis 1900. La dernière crise grave qui déchira la société française, l'affaire Dreyfus[1] (1894-1899) est terminée. Le grand-père, partisan du capitaine injustement condamné, n'en parlera jamais à son petit-fils (p. 144). Victorieux, le Parti Radical a fait voter la séparation de l'Église et de l'État en 1905 – date, précisément, de la naissance de Poulou. Le texte fait allusion au responsable de cette loi, le « ministère Combes » (p. 82). En accord avec la majorité politique de l'époque, le grand-père Schweitzer vote radical, comme Sartre en a eu confirmation par sa mère (p. 145).

Malgré son nom, le Parti Radical est devenu conservateur, peu ouvert aux luttes sociales, impérialiste (avec la constitution d'un

1. *Alfred Dreyfus* : officier juif, il fut accusé à tort de trahison au profit de l'Allemagne. L'opinion française se divisa entre les « antidreyfusards », patriotes et antisémites, et les « dreyfusards », partisans de la vérité contre la raison d'État. Émile Zola fut le plus célèbre des intellectuels qui prirent la défense de Dreyfus.

empire colonial), nationaliste et pour tout dire bourgeois. C'est du moins ce que laisse entendre Sartre en se moquant de ce qu'on a pu appeler la « République des Jules » (« Jules Favre, Jules Ferry, Jules Grévy », p. 98). Il se moque aussi de l'idéologie du parti, la croyance au Progrès, héritée du XIXe siècle tout proche. Charles Schweitzer adhère pleinement à ce mythe :

> L'optimisme bourgeois se résumait alors dans le programme des radicaux : abondance croissante des biens, suppression du paupérisme par la multiplication des lumières et de la petite propriété (p. 191).

Et Poulou lui emboîte le pas : « Enfant public, j'adoptai en public le mythe de ma classe et de ma génération » (p. 192). Au lecteur de restituer une information qui n'est pas rappelée : la gauche de l'époque en France est en fait incarnée par les socialistes et leur chef, Jean Jaurès, qui sera assassiné en 1914. Le texte fait mention en revanche de « la première révolution russe » (p. 54), à savoir l'insurrection de Moscou en janvier 1905 (le « dimanche rouge »). Sartre veut ici signaler une concordance temporelle entre l'année de sa naissance et le début d'un processus révolutionnaire mondial qui lui semble, lorsqu'il écrit *Les Mots*, plus important que les aléas de la seule politique française.

La guerre de 1914

La jeunesse de Sartre coïncide avec la montée des nationalismes, qui débouchera sur l'hécatombe de la Première Guerre mondiale. De par ses origines, la famille Schweitzer a vécu concrètement un drame qui détermina l'entrée en guerre de la France en 1914 : l'annexion de l'Alsace-Lorraine par la Prusse après la défaite de 1870. Sartre dit lui-même qu'il fut le « petit-fils de la défaite », marqué par « la perte de deux provinces qui nous sont revenues depuis longtemps » (p. 98). Ce thème s'incarne par quelques anecdotes. Se rendant avec les siens en territoire occupé pour visiter ceux qui sont restés, le grand-père ne manque pas une occasion de s'emporter contre les Allemands. Il part dans des colères effrayantes qui n'empêchent pas Poulou d'apprécier le défilé des Prussiens depuis la fenêtre de sa chambre d'hôtel (p. 33). Mais la comédie n'est pas loin. Le désir de revanche et bientôt le délire patriotique développent en France par compensation le goût du panache et de l'héroïsme : « Battue, la France fourmillait de héros imaginaires dont les exploits pansaient son amour-propre » (p. 97). Les pièces d'Edmond Rostand (*Cyrano de Bergerac, L'Aiglon, Chantecler*) incarnent cet esprit cocardier, présent aussi dans les romans-feuilletons dont Poulou se délecte.

Avec la déclaration de guerre, le 2 août 1914, les choses se précipitent. Sous l'effet de la propagande, le monde se divise clairement entre bons Français et méchants Allemands : « J'étais ravi : la France me donnait la comédie, je jouai la comédie pour la France » (p. 171). « La comédie familiale » (p. 78) se généralise en comédie nationale. À cette occasion, Poulou devient d'ailleurs véritablement comédien, acteur en 1914 de la pièce patriotique écrite par Charles. Il soigne sa réplique : « Adieu, adieu, notre chère Alsace » (p. 88). Mais, égoïste et maniéré, il s'attire des réprimandes. Même échec en novembre 1915 avec son « venger les morts » (p. 90) écrit sur le carnet de Mme Picard. Par un retournement fréquent dans le texte, c'est dans l'excès de comédie que l'enfant prend conscience de son imposture. Le « bourrage de crâne », la censure et le mensonge, toute cette mauvaise foi institutionnalisée dans la nation en armes accompagne ainsi la ruine de la société d'avant-guerre, dont *Les Mots* esquissent un tableau satirique plus nourri d'Histoire qu'il n'y paraît à première lecture.

DÉMYSTIFIER LA LITTÉRATURE

Dans sa seconde partie, le récit d'enfance de Sartre évoque, comme nous l'avons dit, autant le « chérubin défraîchi » (p. 91) par « la comédie familiale » (p. 78) que l'adulte qui s'interroge sur la valeur des livres. Qu'est-ce qu'écrire ? Comment devient-on écrivain ? C'est aussi – surtout ? – sur ce point que porte l'« entreprise de démystification ». Sans vanité, avec une lucidité proche de l'autodérision, Sartre livre au lecteur l'étude de son cas, occasion de dénoncer encore quelques idées reçues.

Inspiration et plagiat

Dans *Les Mots*, le passage de « Lire » à « Écrire » implique de fait une remise en question fondamentale de la vision romantique, individualiste et donc « bourgeoise » de l'inspiration littéraire. Sartre s'affirme certes « né de l'écriture » (p. 126), mais cette écriture n'est pas née de rien, résultat d'on ne sait quel génie propre à Poulou. Présentée d'abord comme « une singerie de plus » (p. 119), elle a pour point de départ le « plagiat délibéré » (p. 117). Dans *Pour un papillon*, son premier roman, l'enfant recopie « l'argument, les personnages, le détail des aventures, le titre même » d'« un récit en images paru le trimestre précédent » (p. 117). Il ne change que les noms. « Ces légères altérations m'autorisaient à confondre la mémoire et l'imagination » (p. 118). Il en tire un sentiment de force, évoqué dans un paradoxe provocant : « Neuves et tout écrites, des phrases se reformaient dans ma tête avec l'implacable sûreté qu'on prête à l'inspiration » (p. 118). Ce souvenir, dans l'ironie de son énoncé, autorise à penser que pour Sartre la littérature est d'abord un recopiage, aux frontières de l'inconscience puérile et du travail appliqué.

L'écrivain et son public

Pour qui écrit-on ? *Les Mots* s'attaquent avec virulence au mythe de la postérité, selon lequel un grand écrivain se survit par son œuvre. Pour Sartre, désirer une telle immortalité par les livres, c'est refuser la vie présente au profit d'un avenir posthume, par une attirance coupable pour les figures de mort. Poulou rêve ainsi de mourir au monde réel lorsqu'il s'imagine en obscur professeur relégué à Aurillac, petit fonctionnaire besogneux qui ne connaîtra la gloire littéraire qu'avec la découverte d'une malle mystérieuse remplie de manuscrits (p. 150-155).

Un autre péché est dénoncé dans cette question du rapport au public : le péché d'orgueil. Sartre se reproche par Poulou interposé d'avoir cru que la littérature répondait à une nécessité sociale. Comme pour l'inspiration, Sartre, écrivain célèbre, dénonce ici le désir de célébrité quand il a pour mobile principal la constitution d'une image flatteuse de soi.

10 Le style des *Mots*

> Je voulais que ce soit agaçant, ce livre, je voulais que ça soit un adieu à la littérature qui se fasse en bel écrit[1].
> J'ai voulu qu'il soit plus littéraire que les autres, parce que j'estimais que c'était en quelque sorte une manière de dire adieu à une certaine littérature et qu'il fallait à la fois la réaliser, l'expliquer, prendre congé d'elle. J'ai voulu être littéraire pour montrer l'erreur d'être littéraire[2].

Ces déclarations de Sartre, en 1972 et en 1974, indiquent combien la virtuosité de l'écriture des *Mots*, unanimement saluée à la publication du livre, mérite réflexion. Cette virtuosité pourrait bien participer elle aussi à l'« entreprise de démystification » (→ PROBLÉMATIQUE 9, p. 73). En effet, le style des *Mots* est en quelque sorte trop beau pour être vrai. L'ironie et le jeu dominent un récit placé tout entier sous le signe du paradoxe et du retournement.

LA POLYSÉMIE

Le terme de polysémie signifie la superposition de plusieurs sens possibles dans un même terme ou une même phrase. Utilisé surtout en poésie, il s'applique particulièrement bien à la prose des *Mots*, tant ce texte très riche peut se lire à différents niveaux.

Le style selon Sartre

L'auteur de *L'Être et le Néant* s'expliqua plusieurs fois sur le sens et l'usage du « style », cet ensemble de pratiques langagières qui rend un grand écrivain reconnaissable entre tous, et qui sépare la

1. *Sartre*, texte du film d'A. Astruc et de M. Contat [1972], Gallimard, 1977, p. 112.
2. *Entretiens avec Jean-Paul Sartre*, in Simone de Beauvoir, *La Cérémonie des adieux*, *op. cit.*, p. 275.

littérature des formes de la communication quotidienne. En 1975, il le définissait ainsi :

> d'abord une manière de dire trois ou quatre choses en une. Il y a la phrase simple, avec son sens immédiat, et puis dessous, simultanément, des sens différents qui s'ordonnent en profondeur. Si l'on n'est pas capable de faire rendre au langage cette pluralité de sens, ce n'est pas la peine d'écrire[1].

Pour *Les Mots*, il reconnaît en 1974 devant Simone de Beauvoir avoir été particulièrement attentif à ce point :

> Ce sont parmi les phrases les plus travaillées que j'ai écrites. [...] Et j'y mettais du temps. Je voulais qu'il y ait des sous-entendus dans chaque phrase, un ou deux sous-entendus, par conséquent que ça frappe les gens à un niveau ou à un autre. [...] C'était plein de trucs, d'astuces, d'art d'écrire, presque de jeux de mots[2].

Et Beauvoir remarque ici avec pertinence combien le style ainsi compris renvoie à un souci de séduction du lecteur. Un jeu permanent lui est proposé, qui teste sa capacité à définir les différents niveaux du texte, sans jamais remettre en question – et c'est sans doute le tour de force du livre – la compréhension au premier degré du récit.

Les clins d'œil au lecteur

L'auteur des *Mots* cherche à toucher un vaste public, qui ne possède pas nécessairement comme lui la culture classique d'un normalien brillant et agrégé de philosophie. Point n'est besoin par exemple de bien connaître le latin pour sourire d'une citation scolaire, l'exemple de la première déclinaison des noms de cette langue (« une rose appelée rosarosarosamrosærosærosa », p. 170) : une chanson de Jacques Brel, en 1962, avait aussi popularisé, sur un air de tango, cette étape obligée des études latines. Même chose pour le « *Nulla dies sine linea* » (« pas un jour sans [écrire] une ligne ») de l'épilogue (p. 205), qui appartient

1. *Situations, X*, Gallimard, 1976, p. 137.
2. *Entretiens avec Jean-Paul Sartre*, in Simone de Beauvoir, *La Cérémonie des adieux*, *op. cit.*, p. 277.

à la collection des citations latines des pages roses du petit dictionnaire Larousse. Il n'en demeure pas moins que le lecteur cultivé (qui saura par exemple que Zola fit graver cette devise dans son bureau) appréciera encore mieux ce style fait de clins d'œil culturels quasi permanents.

Déjà à l'époque de *Qu'est-ce que la littérature ?* (1948), Sartre se disait condamné à écrire pour sa classe d'origine, la petite bourgeoisie intellectuelle, et en particulier les enseignants. De tels lecteurs, à l'image de Charles Schweitzer, possèdent une culture modelée au départ par le savoir scolaire. Dans *Les Mots*, Sartre invite le lecteur, s'il le peut, à jouer avec cette culture. Cela passe par des références précises, qui nécessitent une bonne mémoire. Il faut par exemple bien connaître l'œuvre de Racine pour apprécier à sa juste mesure l'assimilation de Poulou à Éliacin, qui revient par deux fois (p. 64, 91). Ce jeune garçon apparaît dans *Athalie*[1], sauvé par le grand prêtre Joad des griffes de la reine, sa grand-mère, qui veut ruiner le culte du Dieu des Juifs pour lui substituer celui de Baal. Mais cet Éliacin (de son vrai nom Joas) trahira plus tard ceux qui l'ont sauvé, en s'opposant aux Juifs. Par cette référence elliptique, Sartre renforce l'image du traître en puissance qu'il sera à sa classe, du petit-bourgeois qui se retournera plus tard contre la bourgeoisie.

Parfois, la référence est gommée, en ne laissant qu'une allusion. Un jeu de devinette, à la recherche d'une citation tronquée, est proposé au lecteur curieux. Par exemple, le « Je vois clair, je suis désabusé » (p. 204) reprend sans le dire une réplique de Pauline à la fin du *Polyeucte* de Corneille[2], auteur fétiche de Poulou. La citation masquée est d'autant plus intéressante qu'elle est proposée dans une situation, chez Sartre, exactement opposée à celle de Corneille. En effet, ce dernier met ces mots dans la bouche de Pauline au moment où elle se convertit à la foi chrétienne, alors que Sartre l'insère dans l'aveu de son rejet du sacré, thème

1. *Athalie* (1691) : dernière tragédie de Racine, dont le sujet est inspiré de la Bible.
2. « Je vois, je sais, je crois, je suis désabusée » (acte V, scène 5, v. 1727).

général de l'épilogue des *Mots*. Il y a retournement parodique. Et polysémie du mot « désabusé », selon qu'on l'interprète dans le sens moderne de « sceptique » ou dans le contexte cornélien, où il prend une résonance plus positive, la nouvelle convertie étant revenue des illusions païennes qui l'avaient « abusée ».

Expliciter ainsi toutes les allusions ou les références culturelles des *Mots* exigerait un volume au moins aussi épais que celui de Sartre, et sans doute moins passionnant. L'auteur n'a pas voulu impressionner par sa culture mais montrer au contraire qu'il est bien le produit des livres qui l'ont fait. Cette permanence des textes des autres au cœur de son propre texte renvoie au thème du plagiat, à la remise en cause du mythe de l'inspiration individuelle et de l'originalité première de l'écriture (→ PROBLÉMATIQUE 9, p. 77).

LES FIGURES DE RHÉTORIQUE

« Rhétoricien, je n'aimais que les mots : je dresserais des cathédrales de paroles sous l'œil bleu du mot ciel » (p. 150) : en imaginant sa future carrière d'écrivain caché, Poulou déclare ainsi sa passion pour le langage. Le narrateur quinquagénaire n'a pas renié cette profession de foi. Il manifeste une compétence rare dans l'emploi des figures de style, entraînant par là un nouvel effet de connivence avec des lecteurs sensibles comme lui aux procédés du discours littéraire. On trouve dans *Les Mots* un catalogue assez complet de ce que les grammairiens appellent des « tropes », c'est-à-dire des figures par lesquelles un terme ou une expression sont détournés de leur sens propre. On relèvera ici quelques exemples.

La métaphore

Grand admirateur de Proust dans son adolescence, Sartre est capable comme lui de superposer un élément à un autre, inattendu dans le contexte, pour produire un effet de transfiguration poétique de la réalité évoquée. C'est le principe même de la métaphore, procédé de comparaison qui fait l'économie du terme « comme ». Par exemple, sur le mur de l'école d'Arcachon, le mot « con » devient un « cafard accroché à la muraille » ; « court et brutal, il avait l'horrible simplicité des bêtes élémentaires » (p. 67). Les livres de la bibliothèque familiale sont l'objet d'une double métamorphose. Vus de l'extérieur, ils deviennent les objets pétrifiés d'un culte mystérieux. Ce sont des « pierres levées », des « menhirs », « monuments trapus, antiques » couverts de vénérable poussière (p. 35-36). Ouverts, ils se fendent « comme des huîtres » (p. 36) :

> je découvrais la nudité de leurs organes intérieurs, des feuilles blêmes et moisies, légèrement boursouflées, couvertes de veinules noires, qui buvaient l'encre et sentaient le champignon (p. 36).

Objet à deux faces, le livre participe donc du solide et du mou, du sec et du liquide, voire du masculin et du féminin, ce qui dans l'imaginaire sartrien incarne concrètement, depuis *La Nausée*, les catégories abstraites et antagonistes de la nécessité et de la contingence. Dans cette même bibliothèque, une métaphore est filée au long de plusieurs pages : la découverte que l'enfant fait du monde par les livres prend l'allure d'un véritable voyage à travers des terres inconnues (« Je me lançai dans d'incroyables aventures », p. 42).

Les figures d'opposition

Reflet stylistique des contradictions dans lesquelles l'enfant se trouve pris au piège, la figure de l'antithèse impose sa présence du début à la fin du récit. Sartre se plaît à aligner dans la même phrase des termes ou des expressions qui s'opposent. Dès la première ligne est présenté au lecteur un aïeul « instituteur » qui se fait « épicier » (p. 11). L'épilogue joue de la même façon sur des formulations paradoxales : « puisque j'ai perdu mes chances de mourir inconnu, je me flatte quelquefois de vivre méconnu » (p. 206). Très souvent sont mis en parallèle des mots parfaitement contradictoires. « Pour éviter le premier écueil, elle [Anne-Marie] eut besoin de tout son courage, pour éviter le second, de toute son humilité » (p. 18) ; « je passais des vacances au bordel mais je n'oubliais pas que ma vérité était restée au temple » (p. 64) ; « j'écrivais joyeusement sur notre malheureuse condition » (p. 204). L'opposition se passe parfois de la particule adversative, le « mais » ou le « par contre » : c'est la figure de l'asyndète, comme dans « il me voulait du bien, il avait l'haleine forte » (p. 67). Une phrase commence par un mot et se termine par son contraire : « La mort de Jean-Baptiste fut la grande affaire de ma vie » (p. 18) ; « la répulsion qu'ils [les adultes] m'inspiraient faisait partie de leur prestige » (p. 67). Cette écriture du retournement trouve son expression la plus condensée et la plus spectaculaire dans l'oxymore, figure de style qui enchaîne directement deux mots de sens opposés : « anxieuses délices » (p. 48) ; « gênes exquises » (p. 67) ; « aveuglement lucide » (p. 203). Une telle insistance sur l'antithèse va plus loin qu'une simple coquetterie d'écriture : comme l'ordre familial, social ou moral, Sartre remet en question de façon plaisante l'ordre logique traditionnel, qui repose sur le principe de non-contradiction.

Le rythme des phrases

En dehors des figures de style, d'autres formes de rhétorique se retrouvent dans *Les Mots*. Dans le déroulement de ses phrases, le texte joue par exemple des rythmes ternaire et binaire. Ils se suivent ainsi au fil de ce commentaire des propos de Charles :

> Il avait coutume de dire aux réunions de famille : “Louis est le plus pieux, Auguste le plus riche ; moi je suis le plus intelligent.” Les frères riaient, les belles-sœurs pinçaient les lèvres (p. 12).

Par ces effets de balancement, c'est de fait un certain discours académique qui se trouve ainsi utilisé, celui des narrations et des dictées bien faites. Sartre montre qu'il n'ignore rien de l'art de la prose. Est-ce une façon de se moquer de l'idéal scolaire du grand-père, en le parodiant ? Une façon d'exorciser cette voix de l'aïeul enfouie dans la mémoire de l'écrivain (p. 134) ? Les deux à la fois, sans doute : « on se défait d'une névrose, on ne se guérit pas de soi » (p. 205). Et dans cette exhibition des marques les plus voyantes du beau style, on verra (pour parler, comme Sartre, de façon ambiguë) à la fois un éloge et une critique de la littérature. Dans *Les Mots*, les règles de la rhétorique sont trop bien appliquées pour que, en fin de compte, celle-ci ne soit pas emportée dans le tourbillon de la contestation générale qui anime le livre.

11 Les procédés comiques

Il y a dans *Les Mots* une grâce singulière qui rend Sartre sympathique même à ceux qui d'ordinaire n'apprécient guère sa personne ou son œuvre. Cette sympathie vient sans doute des effets de distance que le texte multiplie : distance de l'auteur vis-à-vis de lui-même, distance vis-à-vis du milieu qui fut le sien, distance aussi vis-à-vis de la littérature, de la culture et de l'art d'écrire, par les effets de connivence que nous venons d'évoquer (→ PROBLÉMATIQUE 10, p. 81). Il y a dans ce livre des procédés comiques mis au service d'un projet où le pamphlet prend les formes de la satire.

LE COMIQUE DE MOTS

Si Sartre s'insurge contre la famille ou la société, c'est en se moquant d'elles. Comme Flaubert, auteur qu'il connaît bien et sur lequel il travaillait tout en rédigeant *Les Mots*, il ne manque pas les occasions d'épingler les idées reçues de la bourgeoisie en donnant au style direct quelques-uns de ses échantillons. Ce sont les formules de distribution des prix du grand-père (p. 12) ou l'usage, par Mme Picard, « du vocabulaire à la mode » : « "Charles est un être exquis" » ou bien « "On ne connaît pas les êtres" » (p. 76). Une des fonctions de ce personnage ridicule est d'ailleurs de multiplier les sentences convenues, comme : « "Un livre ne fait jamais de mal quand il est bien écrit" » (p. 89). Le lexique de ces convenances bourgeoises est utilisé parfois par le narrateur lui-même, qui mime pour mieux s'en moquer les expressions stéréotypées de son entourage :

> Mon père avait eu la galanterie de mourir à ses torts : ma grand-mère répétait qu'il s'était dérobé à ses devoirs [...] ; en filant à l'anglaise, Jean-Baptiste m'avait refusé le plaisir de faire sa connaissance (p. 19).

Lorsque Sartre dit : « les caprices ne pouvaient masquer ma sensibilité exquise » (p. 24), tout le contexte indique qu'il ne prend pas au sérieux cette formule. On trouve de multiples exemples de ce procédé de l'antiphrase (qui consiste à faire entendre au lecteur le contraire de ce qu'on dit), signe d'une ironie qui marque le récit d'une empreinte permanente. Quand cette ironie enveloppe le narrateur lui-même, cas le plus fréquent, on atteint à l'humour, qui balaie l'esprit de sérieux, si cher aux adultes. La bouffonnerie montre que ce récit écrit contre une enfance détestée a au moins gardé de cet âge le sens salutaire de la dérision.

LE COMIQUE DE GESTES ET DE SITUATIONS

Comme un auteur de ces films muets qui enchantaient Poulou, Sartre montre un art très sûr de l'effet comique dans des scènes brèves qui sont autant de « sketches » (p. 24). On pourrait même évoquer les gags des premiers courts métrages de Charlie Chaplin, contemporains de la période des *Mots*[1]. C'est le ballet du petit-fils et de Charles, géant barbu, à sa sortie du funiculaire de Meudon (p. 23) ; ou la fausse barbe du petit Bernard, arrachée par Poulou à la fin de la représentation de la pièce patriotique (p. 88). C'est encore le sursaut commun du fils et de sa mère devant les avances de l'homme « gras et pâle, avec des yeux charbonneux » (p. 178), c'est-à-dire passés au charbon, comme ceux des acteurs du cinéma muet (la baronne au « beau visage charbonneux » vue sur l'écran du Panthéon, p. 100). Poulou se transforme d'ailleurs explicitement en héros de film muet lorsqu'à la suite des séances de cinéma il se met à tournoyer dans l'appartement au son du piano joué par sa mère (p. 105).

1. Les premiers films de Charlot datent de 1913.

Par les comparaisons multiples de l'enfant avec un animal (→ PROBLÉMATIQUE 6, p. 59), Sartre joue aussi – à mi-chemin de La Fontaine et des auteurs de dessins animés – sur le registre du comique animalier. Oiseau, il monte et descend de son « perchoir » (p. 112). Chien, il se retrouve dans le bureau du grand-père « couché entre ses pieds » (p. 127-128). Singe, il va grimacer devant la glace pour oublier l'échec du carnet offert par Mme Picard (p. 89-91).

Le thème de la comédie se trouve donc illustré par la reprise parodique de procédés du spectacle comique. Le modèle du vaudeville bourgeois – une forme de théâtre qui multiplie les situations cocasses et les mots d'auteur – se reconnaît dans certains épisodes et certaines répliques. Les premières pages esquissent ainsi des tableaux de la vie conjugale qui font penser à ce genre, comme le premier repas du voyage de noces de Charles et de Louise, la salade de poireaux servie au buffet de la gare et le souvenir qu'en garde la grand-mère : « "Il prenait tout le blanc et me laissait le vert" » (p. 12). Il y a du Courteline[1] dans les épisodes de la vie des Schweitzer, un auteur tant aimé de Charles qu'il pousse son petit-fils à lui écrire une lettre qui restera sans réponse (p. 58). Poulou et les autres acteurs de « la comédie familiale » (p. 78) illustrent souvent la définition du comique donnée en 1900 par le philosophe Henri Bergson dans son étude sur *Le Rire* : « du mécanique plaqué sur du vivant ». Pour Sartre aussi tous les pantins sont ridicules.

---

1. *Georges Courteline* (1858-1929) : auteur de récits et de pièces satiriques, comme *Théodore cherche les allumettes* [1897], cité dans *Les Mots* (p. 53, 57, 58).

12 Une écriture baroque

Une telle distance vis-à-vis de soi finit par imposer au lecteur des *Mots* une vision du monde et de la littérature qui rappelle une esthétique qui triompha en Europe dans la première moitié du XVIIe siècle : le baroque, un art que Sartre avoue aimer dans le décor des cimetières italiens (p. 80). Privilégiant le désordre et le mouvement, la surprise et la métamorphose, l'illusion et le théâtre[1], le baroque conteste le sérieux, la cohérence et la stricte construction de l'idéal classique. Depuis les genres populaires du Moyen Âge jusqu'à la contestation surréaliste en plein XXe siècle, on a pu dire qu'une tendance baroque, sous des noms divers, se retrouvait à toutes les époques de la littérature. Cette tendance, de façon plus ou moins souterraine, se livre à un travail de sape de l'esthétique officielle.

LE MOUVEMENT

À l'image de Poulou qui règle ses jeux sur les morceaux de musique que sa mère joue au piano (p. 104), le texte des *Mots* varie son *tempo*, avec un goût prononcé pour l'*allegro vivace* qui évite au lecteur tout risque d'ennui. Cela vaut particulièrement pour la première partie, « Lire », où alternent rapidement les scènes de « la comédie familiale » (p. 78) et les réflexions critiques du narrateur adulte. Un effet d'accéléré (autre procédé comique a rapprocher du cinéma) parcourt ainsi les pages d'ouverture qui résument la généalogie des Schweitzer, de 1850 à 1905, en

1. Voir Corneille, *L'Illusion comique*, Hatier, coll. « Profil », 1993, n° 154, p. 54-60.

suivant de façon irrésistible la cavalcade de Charles sur la trace de « son écuyère » (p. 11). La devise de Mamie, rappelée à la fin (« Glissez, mortels, n'appuyez pas », p. 206), a été retenue par le petit-fils pour l'écriture d'un texte aux vitesses multiples.

LA SURPRISE

Contestant la stabilité du monde et des formes, l'art baroque privilégie la rupture et la surprise. Ce dernier terme revient souvent dans *Les Mots* ; il est un des ressorts de « la comédie familiale » (p. 78). Charles comme Poulou aiment dérouter leur public :

> J'adorais les surprises. Il y en avait tout le temps chez nous. Cachotteries amusées ou vertueuses, cadeaux inattendus, révélations théâtrales suivies d'embrassements : c'était le ton de notre vie (p. 86).

C'est aussi le ton du texte, dans son organisation romanesque et dans son style. Sartre continue d'adorer surprendre son lecteur en ne répondant pas directement aux attentes de celui-ci. Nous avons vu combien il s'ingénie à retourner les idées reçues, comme par exemple l'attendrissement pathétique que pourrait inspirer son état d'orphelin. En outre, lorsque Poulou entre à l'école d'Arcachon, le lecteur ne saura presque rien de son expérience scolaire ; l'anecdote se restreint à la lecture du graffiti obscène (p. 67). Sartre détourne ainsi un passage obligé de tout récit d'enfance : l'apprentissage de l'école. La première classe devient l'occasion – manquée – de découvrir la violence du monde (→ LECTURE 2, p. 106). De même, lors de la séance de cinéma au Panthéon (→ LECTURE 3, p. 110), c'est moins l'intrigue du film qui fait l'objet du récit que la fascination de l'enfant pour la salle populaire et les aléas techniques de la projection (les rayures de la pellicule parasitent l'image).

Dans le détail du texte, Sartre joue des ruptures de ton et des variations du niveau de langue. D'une phrase à l'autre, il peut ainsi faire alterner des termes qui appartiennent au niveau le plus familier de l'expression orale et des tours recherchés qui ne se trouvent au contraire que dans la langue écrite. C'est le cas dans un développement sur le père où un « vilain mot » est suivi d'un plus-que-parfait du subjonctif à valeur hypothétique absent de l'usage courant : « personne, à commencer par moi, ne savait ce que j'étais venu foutre sur terre. M'eût-il laissé du bien, mon enfance eût été changée » (p. 73). De plus, connivence oblige, cette dernière phrase fait un écho parodique à une célèbre « Pensée » de Pascal[1].

LES MÉTAMORPHOSES

Le critique Jean Rousset a pu définir le baroque par les images du paon (la parade de l'oiseau qui fait la roue) et de Circé (la magicienne qui transforme en animaux les compagnons d'Ulysse dans *L'Odyssée*[2]). Les figures de rhétorique omniprésentes dans *Les Mots* sont un peu la parade de l'écrivain voulant faire de ce récit un « adieu à la littérature » (→ PROBLÉMATIQUE 10, p. 80). Quant au goût de la métamorphose, il s'incarne dans des procédés de transformation parodique de la réalité.

Le burlesque

Sartre cultive ainsi l'écriture burlesque, qui évoque en termes et en situations triviales des sujets et des personnages « nobles ». On relira par exemple les premières pages du livre. La généalogie des Schweitzer fait penser à un défilé de cirque (« son écuyère », « Auguste », p. 11). La satire de la famille et de la société fournira ensuite d'autres exemples de cette dégradation irrévérencieuse, des jupes de Mme Picard au pot de chambre qui représente le très respectable Armand Fallières, élu en 1906 à la présidence de la IIIe République (p. 197).

---

1. « Le nez de Cléopâtre : s'il eût été plus court, toute la face de la terre aurait changé » (*Pensées*, section II, 162).
2. Jean Rousset, *La Littérature de l'âge baroque en France*, José Corti, 1954.

L'héroï-comique

Un trait du caractère de Charles, annoncé dès la première page (« fabriquer de grandes circonstances avec de petits événements », p. 11), évoque une autre variante de la métamorphose parodique le genre héroï-comique, qui, à l'inverse du burlesque, relate de façon noble, sinon pompeuse, des faits accomplis par des personnages ordinaires. Cela condamne d'entrée le grand-père à n'être qu'un héros dérisoire, comme dans la scène de son apparition en Dieu barbu dans une église qu'il vide de ses fidèles (→ LECTURE 1, p. 96). Mais on trouve, présentée cette fois de façon positive, non comme un trait de psychologie, mais comme un procédé de langage, une autre forme de cette écriture héroï-comique. Il faut relire ici le portrait du couple formé par Poulou et Anne-Marie .

> Nous prîmes l'habitude de nous raconter les menus incidents de notre vie en style épique à mesure qu'ils se produisaient ; nous parlions de nous à la troisième personne du pluriel. Nous attendions l'autobus, il passait devant nous sans s'arrêter ; l'un de nous s'écriait alors : "Ils frappèrent du pied le sol en maudissant le ciel" et nous nous mettions à rire (p. 177).

Dans ce « tic de langage » (p. 177) inspiré par la mère, qui ne fonctionne que par la connivence entre les deux complices, Sartre livre une des clefs de son goût pour la parodie : l'agencement des mots est ici ce qui permet de se détacher d'une réalité triviale, dans une métamorphose qui en gomme l'adversité pour en faire l'objet d'une épopée amusante.

TROISIÈME PARTIE

Lectures analytiques

Texte 1 | Première partie

(pages 21 et 22)

Restait le patriarche : il ressemblait tant à Dieu le Père qu'on le prenait souvent pour lui. Un jour, il entra dans une église par la sacristie ; le curé menaçait les tièdes des foudres célestes : « Dieu est là ! Il vous voit ! » Tout à coup les fidèles découvrirent, sous la chaire, un grand vieillard barbu qui les regardait : ils s'enfuirent. D'autres fois, mon grand-père disait qu'ils s'étaient jetés à ses genoux. Il prit goût aux apparitions. Au mois de septembre 1914, il se manifesta dans un cinéma d'Arcachon : nous étions au balcon, ma mère et moi, quand il réclama la lumière ; d'autres messieurs faisaient autour de lui les anges et criaient : « Victoire ! Victoire ! » Dieu monta sur la scène et lut le communiqué de la Marne. Du temps que sa barbe était noire, il avait été Jéhovah et je soupçonne qu'Émile est mort de lui, indirectement. Ce Dieu de colère se gorgeait du sang de ses fils. Mais j'apparaissais au terme de sa longue vie, sa barbe avait blanchi, le tabac l'avait jaunie et la paternité ne l'amusait plus. M'eût-il engendré, cependant, je crois bien qu'il n'eût pu s'empêcher de m'asservir : par habitude. Ma chance fut d'appartenir à un mort : un mort avait versé les quelques gouttes de sperme qui font le prix ordinaire d'un enfant ; j'étais un fief du soleil, mon grand-père pouvait jouir de moi sans me posséder : je fus sa « merveille » parce qu'il souhaitait finir ses jours en vieillard émerveillé ; il prit le parti de me considérer comme une faveur singulière du destin, comme un don gratuit et toujours révocable ; qu'eût-il exigé de moi ? Je le comblais par ma seule présence. Il fut le Dieu d'Amour avec la barbe du Père et le Sacré-Cœur du Fils ; il me faisait l'imposition des mains, je sentais sur mon crâne la chaleur de sa paume, il m'appelait son tout-petit d'une voix qui chevrotait de tendresse, les larmes embuaient ses yeux froids. Tout le monde se récriait : « Ce garnement l'a rendu fou ! » Il m'adorait, c'était manifeste. M'aimait-il ? Dans une passion si publique, j'ai peine à distinguer la sincérité de l'artifice : je ne crois pas qu'il ait témoigné beaucoup d'affection à ses autres petits-fils ; il est vrai qu'il ne les voyait guère et qu'ils n'avaient aucun besoin de lui. Moi, je dépendais de lui pour tout : il adorait en moi sa générosité.

INTRODUCTION

Situer le passage

Le personnage du grand-père, Charles Schweitzer, présent dès la première page des *Mots*, est de nouveau évoqué dans la série des portraits de famille qui ouvre le livre.

Dégager des axes de lecture

Sartre complète l'image de son aïeul par le recours à des comparaisons empruntées – de façon systématique – à la Bible. Par le détournement comique de ces références, il compose un portrait métaphorique qui dépasse le simple réalisme. Se moquant ainsi de son grand-père, il dénonce en lui un mensonge foncier dans les marques de l'affection qu'il manifeste à son petit-fils.

L'ÉCRITURE DU PORTRAIT

Pour décrire un personnage, l'auteur d'un récit peut multiplier les angles d'approche : portrait physique, portrait moral, portrait statique, portrait en action, portrait fidèle, portrait chargé : les possibilités sont nombreuses. Que choisit ici Sartre ?

Deux anecdotes comiques

Comme dans ses premières évocations, Charles est présenté dans des situations incongrues, propices à faire sourire. Se suivent ainsi la scène de l'église (l. 3) et la scène du cinéma (l. 9).

Le simple fait d'enchaîner de la sorte un lieu sacré et un lieu profane, décors d'une même exhibition publique, indique une intention de dérision. C'est le comique de répétition : Charles est un maniaque de l'épiphanie, c'est-à-dire de la manifestation ostentatoire de sa personne, à l'égal d'une divinité. Virtuose de l'anecdote, Sartre compose des récits brefs, en phrases courtes, tout entiers soumis à l'art de la surprise. Le discours direct du curé, au présent, pastiche ramassé d'un cliché ordinaire dans les sermons (le croyant ne peut échapper au regard divin), annonce sans le savoir l'arrivée d'un barbu « par la sacristie » (l. 3). Le « Tout à coup » (l. 4) suivi du passé simple (« découvrirent », « s'enfuirent », l. 5, 6) précipite le coup de théâtre burlesque, la débandade des « fidèles » (l. 4). Ce quiproquo qui tourne à la farce et qui perturbe un rituel catholique n'est d'ailleurs pas pour déplaire au protestant qu'est resté Charles.

Au « cinéma d'Arcachon » (l. 9), lieu de villégiature de la famille, la mise en scène est délibérée. Le grand-père demande les projecteurs et monte sur scène pour annoncer la victoire de la Marne contre les armées allemandes. La foule des spectateurs sert ici de chœur (l. 11). En parlant d'« anges » (l. 11) et de « Dieu » (l. 12), Sartre relie par le lexique ce deuxième épisode au premier, justifiant sa remarque : « Il prit goût aux apparitions » (l. 7-8).

Ces récits minuscules, révélateurs d'un défaut (ici le cabotinage[1]) ne sont pas sans rappeler l'art des fabulistes. Pastichant lui-même La Fontaine, Sartre définira les petits événements de sa vie familiale comme « une ample comédie aux cent sketches divers[2] » (p. 24). Nous lisons ici deux échantillons de ces sketches, écriture comique du portrait en action.

---

1. Le cabotin est un mauvais acteur qui interprète ses rôles de façon exagérée.
2. Sartre reprend ici la fable de La Fontaine intitulée « Le Bûcheron et Mercure » : « Une ample comédie aux cent actes divers / Et dont la scène est l'univers » (V, 1, v. 27-28).

Les métaphores bibliques

La tradition protestante repose sur la lecture personnelle et répétée de la Bible. Frère de pasteur, destiné lui même à ce ministère, Charles est ici présenté par son petit-fils à travers les images superposées de personnages bibliques.

« Patriarche » (l. 1), au début du passage, est un mot connoté de références religieuses. D'Abraham à Moïse, il désigne dans l'Ancien Testament un chef de famille nombreuse à l'exceptionnelle longévité. Il renvoie à une vision archaïque de la tribu, où les pères ont droit de vie et de mort sur leurs enfants. Juifs, chrétiens et musulmans savent qu'Abraham était prêt – pour Dieu – à sacrifier Isaac, l'un de ses fils. Sartre rappelle la mort de son oncle Émile (l. 14), signalée dès la page 14, dans ce contexte de cruauté primitive.

Mais le patriarche, comme Adam, est à l'image de Dieu. Et c'est à Dieu lui-même qu'est assimilé Charles dans notre texte. Un « Dieu de colère » (l. 15), celui de l'Ancien Testament, commun aux trois religions du Livre, qui reçoit ici son nom hébreu de Jéhovah, variante de Iahvé. Représenté de façon traditionnelle et même dégradé en cliché, il apparaît en « grand vieillard barbu » (l. 5).

Il faut surtout remarquer que Sartre, qui semble lui aussi bien connaître la Bible, famille Schweitzer oblige, structure le portrait de l'aïeul selon deux conceptions opposées de Dieu. La vie de Charles contient une métamorphose : celle de l'image et de la fonction divines qui changent radicalement entre l'Ancien et le Nouveau Testament. Charles est d'abord le Dieu impitoyable des Premiers livres, celui qui justement demande à Abraham de sacrifier son fils. Puis, « au terme de sa longue vie » (l. 16), il devient « le Dieu d'Amour » (l. 27), le Dieu du Nouveau Testament éclairé par le message évangélique.

Ces comparaisons restent dérisoires, traduites dans une écriture toujours irrespectueuse. Par exemple, la métamorphose de l'Ancien au Nouveau s'incarne dans le détail trivial de la couleur de la barbe, qui passe du noir au blanc, un blanc maculé par les traces de tabac (l. 17). Avec ce grand-père divinisé, un geste d'affection simple devient un sacrement (« il me faisait l'imposition des mains », l. 28-29). Sartre joue ailleurs avec le dogme de la Sainte Trinité (« le Dieu d'Amour avec la barbe du Père et le Sacré-Cœur du Fils », l. 27-28). On reconnaît dans ces provocations un vieux ressort comique : relater en termes relevés (ici le pastiche de la Bible) une réalité médiocre (les disputes familiales et l'attendrissement d'un vieillard). C'est une des formes du burlesque (→ PROBLÉMATIQUE 12, p. 92) que Sartre privilégie.

Ici, le portrait echappe en partie à un réalisme qui se bornerait à décrire la réalité précise d'un corps ou d'un caractère. Par le filage d'une métaphore comique, le grand-père accède à la dimension d'un mythe. Mais c'est un mythe ridicule.

LA DÉNONCIATION D'UN COMÉDIEN

Caricature de Dieu le Père, l'aïeul fait ici l'objet d'un réquisitoire en règle de la part de son petit-fils. Le comique de cette page n'est pas de pure fantaisie.

Le théâtre de Charles

Avec son goût des « apparitions » (l. 7-8), Charles est présenté comme un comédien vaniteux, uniquement soucieux de se tailler des succès faciles dans des rôles stéréotypés.

Cette satire se perçoit par le lexique du théâtre, présent dans tout le texte. L'irruption inopinée à l'église est un premier effet de mise en scène. Au cinéma, donc dans une vraie salle de spectacle, avec son « balcon » (l. 9) et sa « scène » (l. 12), les effets deviennent grandioses, accentués par la « lumière » (l. 10) dirigée sur l'acteur, lui-même entouré de figurants et lisant au public un communiqué de victoire. Ce monologue ne peut que recueillir l'enthousiasme : « au mois de septembre 1914 » (l. 8) débute une guerre qui déchaîne la grandiloquence nationaliste une mascarade généralisée sur laquelle Sartre reviendra plusieurs fois dans son livre (lui-même joue en 1914 dans une pièce patriotique écrite par le grand-père, où il se montre ridiculement « maniéré », p. 88). Au cinéma d'Arcachon, Charles participe au grand théâtre social de la nation belliqueuse. On devine que son conformisme est ici brocardé autant que son cabotinage.

Au fond, cette barbe qui passe du noir au blanc n'est qu'un accessoire de théâtre, une barbe postiche, comme celle que Poulou arrache à un camarade (p. 88). Charles se grime en patriarche, comme il se fera la tête du grand-père modèle. Il a toujours besoin d'un public : les fidèles à l'église, les spectateurs au cinéma, les proches et les parents dans l'intimité. À Arcachon, Poulou et sa mère font déjà partie de l'assistance. Dans le cercle plus restreint de la famille le spectacle continue. Sa passion affichée pour son petit-fils est « publique » (l. 34). Il joue son rôle avec des gestes affirmés (« l'imposition des mains », l. 28-29) et le ton de voix qui convient à l'exhibition de l'émotion sénile (« une voix qui chevrotait de tendresse », l. 30-31). Et le succès couronne cette performance, il est admiré par « tout le monde » (l. 31-32).

Un vieillard de mauvaise foi

Un comédien peut-il être sincère ? La question est posée à la fin du passage (l. 33). Tout porte à croire que Sartre, le narrateur adulte qui écrit *Les Mots*, ne se fait guère d'illusions sur la comédie des sentiments dont Poulou fut l'objet.

À côté de la peinture burlesque du patriarche biblique, le texte propose une explication sérieuse à la conduite du grand-père. La dernière phrase de l'extrait résume de façon frappante la clef de cette conduite : « il adorait en moi sa générosité » (l. 38). Comme La Rochefoucauld, le plus pessimiste des moralistes classiques, Sartre semble moins croire à l'amour qu'à l'amour-propre. Par le jeu des exagérations et des paradoxes (« Il m'adorait [...]. M'aimait-il ? », l. 32-33), il dénonce un mensonge à soi qui n'a plus grand-chose à voir avec la générosité : « il souhaitait finir ses jours en vieillard émerveillé » (l. 23-24). Déjà dans *L'Être et le Néant*, traité philosophique de 1943, Sartre, dans des pages célèbres, évoquait ces conduites où la personne authentique disparaît derrière le personnage qu'elle joue ou que la société lui fait jouer, comme le garçon de café qui incarne à la perfection son rôle de serveur. C'est la « mauvaise foi », notion importante dans l'explication de l'existence d'autrui[1]. Charles joue à être un grand-père modèle en cachant – et en se cachant – sa vérité profonde, son penchant à la cruauté et à l'oppression des autres, vérité apparue dans son rapport avec Émile, son fils « mort de lui » (l. 14).

Il suffit d'ailleurs de relire les pages précédentes. Pour Sartre, le « lien de paternité [...] est pourri » (p. 18). Se posant la question d'une éventuelle reproduction de ce lien dans son rapport à son grand-père, il a recours à l'argument de la métamorphose du Dieu de colère en Dieu d'amour pour écarter – commodément – un tel risque. L'amour de ce Dieu à barbe blanche n'était qu'un rôle de plus, auquel il ne croyait sans doute pas lui-même : « la paternité ne l'amusait plus » (l. 17). Un comédien en fin de carrière, qui joue les sentiments plus qu'il ne les éprouve : voilà l'information que livre la partie d'analyse psychologique de ce texte complexe.

CONCLUSION

Dans sa verve comique, dans sa démystification d'un personnage dont la dimension négative apparaît de plus en plus clairement au lecteur, ce portrait de Charles en cabotin est à mettre au compte de la dénonciation de « la comédie familiale » (p. 78), un des points forts des *Mots*. On voit aussi combien Sartre joue pour les tourner en ridicule des références religieuses. Avec la suite de cette description au vitriol, c'est un autre modèle, laïque et républicain, le Victor Hugo de *L'Art d'être grand-père,* qui se superposera à l'image pieuse d'un Dieu à barbe blanche.

1. Voir Marc Wetzel, *La Mauvaise Foi*, Hatier, coll. « Les classiques Hatier de la philosophie », 2001.

Texte 2 | Première partie
(pages 67 et 68)

J'avais deux raisons de respecter mon instituteur : il me voulait du bien, il avait l'haleine forte. Les grandes personnes doivent être laides, ridées, incommodes ; quand elles me prenaient dans leurs bras, il ne me déplaisait pas d'avoir un léger dégoût à surmonter : c'était la preuve que la vertu n'était pas facile. Il y avait des joies simples, triviales : courir, sauter, manger des gâteaux, embrasser la peau douce et parfumée de ma mère ; mais j'attachais plus de prix aux plaisirs studieux et mêlés que j'éprouvais dans la compagnie des hommes mûrs : la répulsion qu'ils m'inspiraient faisait partie de leur prestige : je confondais le dégoût avec l'esprit de sérieux. J'étais snob. Quand M. Barrault se penchait sur moi, son souffle m'infligeait des gênes exquises, je respirais avec zèle l'odeur ingrate de ses vertus. Un jour, je découvris une inscription toute fraîche sur le mur de l'École, je m'approchai et lus : « Le père Barrault est un con. » Mon cœur battit à se rompre, la stupeur me cloua sur place, j'avais peur. « Con », ça ne pouvait être qu'un de ces « vilains mots » qui grouillaient dans les bas-fonds du vocabulaire et qu'un enfant bien élevé ne rencontre jamais ; court et brutal, il avait l'horrible simplicité des bêtes élémentaires. C'était déjà trop de l'avoir lu : je m'interdis de le prononcer, fût-ce à voix basse. Ce cafard accroché à la muraille, je ne voulais pas qu'il me sautât dans la bouche pour se métamorphoser au fond de ma gorge en un claironnement noir. Si je faisais semblant de ne pas l'avoir remarqué, peut-être rentrerait-il dans un trou de mur. Mais, quand je détournais mon regard, c'était pour retrouver l'appellation infâme : « le père Barrault » qui m'épouvantait plus encore : le mot « con », après tout, je ne faisais qu'en augurer le sens ; mais je savais très bien qui on appelait « père Untel » dans ma famille : les jardiniers, les facteurs, le père de la bonne, bref les vieux pauvres. Quelqu'un voyait M. Barrault, l'instituteur, le collègue de mon grand-père, sous l'aspect d'un vieux pauvre. Quelque part, dans une tête, rôdait cette pensée malade et criminelle. Dans quelle tête ? Dans la mienne, peut-être. Ne suffisait-il pas d'avoir lu l'inscription blasphématoire pour être complice d'un sacrilège ? Il me semblait à la fois qu'un fou cruel raillait ma politesse, mon respect, mon zèle, le plaisir que j'avais chaque matin à ôter ma casquette en disant « Bonjour, Monsieur l'Instituteur » et que j'étais moi-même ce fou, que les vilains mots et les vilaines pensées pullulaient dans mon cœur. Qu'est-ce qui m'empêchait, par exemple, de crier à plein gosier : « Ce vieux sagouin pue comme un cochon. » Je murmurai : « Le père Barrault pue » et tout se mit à tourner : je m'enfuis en pleurant. Dès le lendemain je retrouvai ma déférence pour M. Barrault, pour son col de celluloïd et son nœud papillon. Mais, quand il s'inclinait sur mon cahier, je détournais la tête en retenant mon souffle.

INTRODUCTION

Situer le passage

Après une tentative malheureuse de scolarisation dans les petites classes du lycée Montaigne à Paris, Poulou se retrouve à l'école primaire d'Arcachon. Son grand-père l'a confié à l'instituteur, M. Barrault.

Dégager des axes de lecture

Le souvenir de l'entrée à l'école fait partie des passages obligés de tout récit d'enfance. Sartre semble donc se plier au goût des lecteurs pour ce pittoresque pédagogique, en composant une scène particulièrement vivante. Mais cette scène n'évoque pas la classe, son décor ou ses acteurs. Confronté à un graffiti injurieux, Poulou découvre bien autre chose que les joies du savoir scolaire. L'anecdote sert de prétexte à la dénonciation par le narrateur adulte du conformisme de l'enfant qu'il était. La narration, comme souvent dans *Les Mots*, est étroitement liée à l'argumentation.

UNE SCÈNE ROMANESQUE

La majeure partie de l'extrait (à partir de « Un jour », l. 15) raconte un épisode qui est presque un reportage en temps réel dans la conscience de Poulou : la découverte du graffiti et son interprétation.

Une construction chronologique

Le récit (initié par le passé simple « je découvris », l. 15) est organisé selon le déroulement d'une perception puis d'une réflexion. Avec minutie, le texte note les différentes phases de la lecture du graffiti. D'abord global (il porte sur toute la phrase), le regard de Poulou se focalise sur le mot final, qu'il ne connaît pas, puis revient sur l'expression initiale, qu'il connaît mieux. Il revient donc de droite à gauche, au rebours de l'ordre des mots. Le monosyllabe injurieux fait peur et l'enfant essaie de ruser avec lui (« je faisais semblant de ne pas l'avoir remarqué », l. 26-27). Puis il bute sur « le père Barrault » (l. 29), ce qui déclenche en lui une série de questions, ainsi que dans une enquête policière, comme l'indique le lexique avec les termes « criminelle » (l. 36) et « complice » (l. 38). Cela débouche sur l'intuition d'une possible culpabilité. Le drame atteint son sommet avec les conséquences de cette intuition : un discours direct murmuré, un vertige physique, une fuite et des pleurs. On retrouve ce langage du corps avec le récit du lendemain, où l'enfant, devenu conscient d'une gêne elle aussi physique, détourne la tête « en retenant [son] souffle » (l. 49-50).

Le point de vue de l'enfant

Cette scène du graffiti est tout entière perçue du point de vue de Poulou, ce qui lui donne une vraisemblance psychologique assez rare dans *Les Mots*.

Le narrateur, comme celui des premières pages de « L'Enfance d'un chef » (parue dans *Le Mur* en 1939), épouse étroitement le champ de vision de son personnage, son malaise, son incompétence. À l'occasion, il respecte son vocabulaire puéril (les « vilains mots », l. 19) en le répétant (« les vilains mots et les vilaines pensées », l. 42-43). L'adulte ne prête pas ici son savoir à l'enfant, pour qui se joue une petite tragédie langagière. Incapable de saisir le sens (le « signifié » comme disent les linguistes) de « con », faute de connaître le code de l'argot (il a été trop « bien élevé », l. 20), Poulou en reste à des rêveries sur le « signifiant », c'est-à-dire sur la matérialité de ce mot écrit, « court et brutal » (l. 21), qu'il prend pour un insecte. Pour le « père Untel » (l. 32), le narrateur laisse raisonner son personnage par analogie. Le petit garçon rapproche ce qu'il lit de ce qu'il a déjà entendu dans sa famille.

Poulou s'oriente ainsi à tâtons dans la jungle des mots sauvages. Cette scène est à rapprocher de celle de la découverte des mots que l'enfant rencontre dans un lieu protégé : la bibliothèque du grand-père. Ces mots sont parfois étranges, mais le dictionnaire peut en donner le sens (p. 43-44). Ici Poulou est livré seul, à l'extérieur de son cocon familial, à la violence brute du langage de la rue. Cela provoque la remise en question de son identité et de l'ordre établi autour de lui. Sartre met en scène un dédoublement de personnalité. L'ange Poulou est tenté par le démon de la transgression (le langage vulgaire). Il perçoit sa famille avec les mots critiques des autres. Tout vacille. Sartre réussit ici de l'intérieur une peinture saisissante d'une crise d'angoisse puérile, insoupçonnable par un adulte non averti, tant le prétexte de ce drame semble mince.

Est-ce l'occasion d'un élan de sympathie rétrospective ?

LE NARRATEUR ADULTE CONTRE LE PERSONNAGE ENFANT

Cette scène du graffiti est précédée d'un passage où les perspectives narratives sont différentes. Une introduction où domine le discours du narrateur adulte détermine le sens du récit qui suit, métamorphosant ainsi l'anecdote en apologue.

Un narrateur juge

À travers l'évocation caricaturale de l'instituteur, Sartre s'en prend surtout à lui-même. Il dénonce les clichés logés dans sa tête par les adultes et qu'il aurait trop bien intériorisés. Poulou est conformiste. Il a fait sienne la hiérarchie des valeurs qui fait passer le « plaisir » (l. 9) après l'effort. Reniant les « joies simples » (l. 6) d'un enfant normal – marquées par des verbes de mouvement et la présence sensuelle de la mère (l. 7-8) –, il va se frotter au monde masculin, un monde vieux et laid mais dont il se refuse à voir la laideur. L'instituteur, double dégradé du grand-père, est accablé par cette laideur grotesque. Il joue à la lettre le rôle du bouc émissaire, animal qui sent mauvais – c'est bien connu – et qu'on sacrifiait dans l'antiquité païenne pour se protéger de dommages plus grands. Avec ses mots d'adulte (« J'étais snob », l. 12, mot anglais qui évoque une chanson célèbre de Boris Vian, grand ami de Sartre), le narrateur dénonce une nouvelle fois combien on a volé à l'enfant qu'il fut toute simplicité, toute spontanéité.

Ainsi présenté, le sens de l'épisode du graffiti est clair : confronté par la violence de ce langage inconnu au mystère du monde réel, Poulou est bousculé dans ses certitudes. Il est en situation de comprendre bien autre chose que l'existence d'un vocabulaire trivial : par exemple les contradictions qui travaillent le prétendu ordre social (pour certains, un enseignant ne peut être que le « père Untel », pourquoi pas le « père Schweitzer » ?). Ce vertige social accompagne un vertige d'identité. Poulou d'ordinaire si réservé découvre par les mots d'autrui (on sait bien depuis *Huis clos* que « l'enfer, c'est les Autres[1] ») la distance critique aux adultes et à lui-même. « Tout se mit à tourner » (l. 46) : il découvre le vertige d'être enfin une personne libre, ce qui ne va pas sans angoisse. Moment de folie (l. 42) qui pourrait être l'occasion d'une révolte salvatrice. Mais, prisonnier de son manque de tempérament (il « murmure » plutôt que de « crier à plein gosier », l. 45, 44) et de sa mauvaise foi, Poulou s'arrête en chemin. Une occasion est manquée de s'affranchir des mensonges de « la comédie familiale » (p. 78) et du monde bourgeois. À la fin, il semble avoir seulement appris l'hypocrisie (il retrouve sa « déférence » tout en tournant la tête, l. 47-50).

Un narrateur virtuose

En multipliant les figures de style, Sartre. le narrateur qui écrit les aventures de Poulou, invite le lecteur à se moquer du petit personnage par la distance amusée qu'implique l'abus des effets littéraires. Par exemple, on trouve au début, dans « il me voulait du bien, il avait l'haleine forte » (l. 1-2) un alexandrin enchâssé dans la prose (comme à l'extrême fin du passage), coupé à l'hémistiche par une virgule, usant de l'euphémisme (« forte » pour fétide) et construit selon la formule paradoxale de l' « attelage » d'une notion abstraite (la bienveillance) avec un détail redoutablement concret (la mauvaise haleine). Le jeu continue avec le rythme des groupes de mots, tantôt ternaire (« laides, ridées, incommodes », l. 3), tantôt binaire (« des joies simples, triviales », l. 6-7). On trouve la litote (« il ne me déplaisait pas », l. 4), l'alliance de mots, ou oxymore, (« des gênes exquises », l. 13-14) et jusqu'à la figure sophistiquée de l'hypallage (« l'odeur ingrate de ses vertus », l. 14-15).

Dans l'épisode du graffiti, malgré le souci de vraisemblance psychologique qui anime Sartre, le lecteur n'oublie jamais que l'adulte tient la plume. Fasciné par le monosyllabe injurieux, Poulou, en essayant de remonter de la matière du mot à son sens, se livre à un vrai travail poétique. Sartre le met en scène en

1. *Huis clos*, [1944], Gallimard, coll. « Folio », 1994, p. 93.

train d'inventer une métaphore, celle de l'insecte : une image se substitue au mot inconnu pour en « augurer » le sens (l. 31).Ce verbe fait partie à l'origine du lexique du sacré, comme plus loin « blasphématoire » et « sacrilège » (l. 38). Sur le mur, le mot devient « cafard », il « grouille », il est « horrible », il se « métamorphose » (l. 23, 19, 21, 25. Sartre évoque ici un célèbre roman de Kafka). Avec le « claironnement noir » (l. 26) au terme de ce procédé de la métaphore filée, la poésie triomphe : l'antithèse du clair et de l'obscur s'incarne dans une synesthésie[1] : le son se fait couleur.

Dernier signe de l'omniprésence d'un narrateur virtuose, la scène du graffiti répète en abrégé quelques pages célèbres de *La Nausée* (1938) où le héros, Roquentin, était à la fois fasciné et effrayé par les objets. C'est ici Sartre théoricien de la perception concrète du monde qui applique dans son récit les théories de l'allemand Husserl, philosophe qui « a réinstallé l'horreur et le charme dans les choses[2] », et père de la phénoménologie[3]. Dans sa naïveté, l'enfant sert aussi de sujet d'expérience.

CONCLUSION

À tous les sens du terme, Poulou se retrouve ici au pied du mur. Il ne dit rien de l'école, mais découvre la violence du monde réel, qu'il s'empresse de se masquer. Sartre écrit, avec cette anecdote tragi-comique, un épisode symbolique dont la virtuosité stylistique n'est pas le moindre attrait. Ce passage répond bien à ce que l'auteur disait de sa volonté d'être « littéraire » en écrivant *Les Mots* (→ PROBLÉMATIQUE 10, p. 80).

1. Fusion de deux ou plusieurs sensations (ici l'ouïe et la vue), fréquente en poésie depuis les « Correspondances » de Baudelaire.
2. *Situations, I*, Gallimard, [1947], repris dans la collection « Folio-Essais » sous le titre *Critiques littéraires*, 1993, p. 32
3. Théorie selon laquelle toute conscience est conscience de quelque chose, dans un rapport immédiat au monde qui ne passe pas en premier par l'intellect.

Texte 3 Première partie

(pages 99 et 100)

Le spectacle était commencé. Nous suivions l'ouvreuse en trébuchant, je me sentais clandestin ; au-dessus de nos têtes, un faisceau de lumière blanche traversait la salle, on y voyait danser des poussières, des fumées ; un piano hennissait, des poires violettes luisaient au mur, j'étais pris à la gorge par l'odeur vernie d'un désinfectant. L'odeur et les fruits de cette nuit habitée se confondaient en moi : je mangeais les lampes de secours, je m'emplissais de leur goût acidulé. Je raclais mon dos à des genoux, je m'asseyais sur un siège grinçant, ma mère glissait une couverture pliée sous mes fesses pour me hausser ; enfin je regardais l'écran, je découvrais une craie fluorescente, des paysages clignotants, rayés par des averses ; il pleuvait toujours, même au gros soleil, même dans les appartements ; parfois un astéroïde en flammes traversait le salon d'une baronne sans qu'elle parût s'en étonner. J'aimais cette pluie, cette inquiétude sans repos qui travaillait la muraille. Le pianiste attaquait l'ouverture de *La Grotte de Fingal* et tout le monde comprenait que le criminel allait paraître : la baronne était folle de peur. Mais son beau visage charbonneux cédait la place à une pancarte mauve : « Fin de la première partie. » C'était la désintoxication brusquée, la lumière. Où étais-je ? Dans une école ? Dans une administration ? Pas le moindre ornement : des rangées de strapontins qui laissaient voir, par en dessous, leurs ressorts, des murs barbouillés d'ocre, un plancher jonché de mégots et de crachats. Des rumeurs touffues remplissaient la salle, on réinventait le langage, l'ouvreuse vendait à la criée des bonbons anglais, ma mère m'en achetait, je les mettais dans ma bouche, je suçais les lampes de secours. Les gens se frottaient les yeux, chacun découvrait ses voisins.

Des soldats, les bonnes du quartier ; un vieillard osseux chiquait, des ouvrières en cheveux riaient très fort : tout ce monde n'était pas de notre monde ; heureusement, posés de loin en loin sur ce parterre de têtes, de grands chapeaux palpitants rassuraient.

INTRODUCTION

Situer le passage

Initiatrice aux plaisirs simples qui développent l'imagination de son fils (comme les récits illustrés et les feuilletons d'aventures), Anne-Marie l'emmène au cinéma. Le grand-père méprise cette forme de divertissement, qu'il ne considère pas comme un art.

Dégager des axes de lecture

Rassemblant ses souvenirs, Sartre écrit ici une scène très vivante, ressuscitant une séance de cinéma muet. Fasciné, Poulou participe par tous ses sens à ce qui se passe autour de lui. En particulier, il a un rapport à l'écran et à l'image qu'on peut qualifier de poétique. Le narrateur adulte donne aussi à cette expérience féerique la valeur d'un défi aux normes culturelles dominantes de l'époque : le cinéma du peuple s'oppose implicitement au théâtre de la bourgeoisie.

UNE SÉANCE DE CINÉMA AU TEMPS DU MUET

« J'avais sept ans ». Le cinéma « en avait douze[1] » (p. 102) : l'épisode transporte le lecteur vers 1912, avant la guerre, dans une préhistoire du septième art devenue exotique pour un lecteur du XXIe siècle. Ce passage a un véritable intérêt documentaire.

1. Sartre pense sans doute aux premières œuvres de fiction, comme celles de Georges Méliès, auteur d'une *Cléopâtre* en 1899, d'une *Jeanne d'Arc* en 1900 et du *Voyage dans la lune* en 1902. La première projection publique organisée par Louis Lumière eut lieu avant, en décembre 1895.

Chronologie de la séance

Au cinéma, on entre quand on veut, le spectacle est permanent. Une ouvreuse emmène les spectateurs à leur rangée. Ils se heurtent au public déjà installé. Poulou doit se hausser à l'aide d'une couverture sur les sièges en bois. Il regarde le film, qui semble mettre en images une intrigue policière (« le criminel allait paraître », l. 18-19). Privés de la parole directe, les acteurs expriment leurs sentiments par des gestes, des mimiques et des regards outranciers, soulignés par le maquillage (le « beau visage charbonneux » de l'actrice, l. 20). Les dialogues sont écrits entre les images animées, sur la même « pancarte mauve » (l. 20-21) que celle qui annonce une interruption frustrante à un moment de tension (« la baronne était folle de peur », l. 19), selon la technique à suspense du roman-feuilleton[1]. Suit un entracte, nécessaire pour changer de bobine. La salle s'allume, l'ouvreuse vend des friandises. Les spectateurs bavardent. Le schéma du texte suit le déroulement chronologique d'une séance.

La salle et les spectateurs

À cette époque, une salle de quartier comme celle du Panthéon n'offrait guère de confort. Les gens fument (la fumée est visible dans le rayon de lumière du projecteur), ils crachent par terre, certains après avoir mâché du tabac, comme le vieillard qui « chiquait » (l. 32). Les sièges ne sont pas capitonnés, les murs sont « barbouillés d'ocre » (l. 25), c'est-à-dire d'une non-couleur. Règnent la saleté, qu'on devine avec les « poussières » (l. 4) et une hygiène douteuse : la salle est nettoyée avec « un désinfectant » (l. 6) à l'odeur forte (peut-être le crésyl). On comprend l'interrogation de Poulou qui se croit plutôt dans un bâtiment administratif que dans une salle de spectacle.

Les spectateurs sont à l'image du décor : privés des « ornements » (l. 23) de la bonne société. Ils parlent et rient « très fort » (l. 32).

1. En 1913-1914, parurent ainsi cinq épisodes du *Fantômas* de Louis Feuillade, cité par Sartre (p. 101).

Public populaire, hétéroclite, grossier et vivant. « Des soldats, les bonnes du quartier » (l. 31). Les « ouvrières » sont « en cheveux » (l. 32), c'est-à-dire sans les chapeaux qui en cette « Belle Époque » finissante étaient l'accessoire indispensable de toute femme qui se respecte lorsqu'elle sortait de chez elle. « Heureusement » (l. 33), certaines de ces femmes à chapeaux sont dans la salle, ce qui rassure (l. 35) l'instinct bourgeois de Poulou.

Les conditions matérielles de la projection

On devine combien la qualité technique du cinéma de l'époque laissait à désirer. Plus que sur l'intrigue du film, le texte s'attarde en effet sur les aléas de la projection. Tourné à raison de seize images par seconde (et non vingt-quatre comme par la suite), le film manque de fluidité dans le rendu des mouvements et la mécanique du projecteur peut se dérégler (les « paysages clignotants », l. 12). Surtout, la pellicule est fragile. En nitrate de cellulose, avec une couche de bromure d'argent pour imprimer l'image, elle se troue, se déchire, se raye facilement : dans ce cas, la lumière du projecteur atteint directement l'écran. Elle supporte mal la chaleur dégagée par la lampe : elle s'enflamme à 120°, ce qui était dangereux. L'enfant remarque à sa façon combien, dans ces conditions, les images sont parasitées par les défauts de ce support en celluloïd.

Autre bizarrerie rétrospective pour un spectateur moderne : les films sont accompagnés au piano (ou à l'orchestre dans les salles plus luxueuses, comme le dit Sartre à la page 101). Le pianiste joue très rarement une partition originale. Il plaque sur les séquences qu'il voit des morceaux de musique classique – toujours les mêmes – qui conviennent plus ou moins à la scène. Cela crée à la longue un répertoire de musiques stéréotypées, romantiques ou dramatiques, comme cette ouverture de *La Grotte de Fingall*, œuvre de Mendelssohn, associée à une montée de l'angoisse.

Ces médiocres conditions techniques ne semblent pas gêner Poulou. Il prend au contraire un plaisir intense à cette séance, qu'il vit de tout son être.

L'écriture du corps

Signe d'un plaisir évident – et d'une présence au monde rare dans *Les Mots* – Poulou participe par ses cinq sens à l'expérience du cinéma. La vue, bien sûr, avec le contraste entre obscurité et lumière noté d'abord par le faisceau du projecteur qui troue la nuit de la salle, puis lorsque celle-ci se rallume ; mais aussi l'ouïe, avec les sons du piano et les palabres des spectateurs ; l'odorat, avec « l'odeur vernie d'un désinfectant » (l. 6) ; le goût, avec les « bonbons anglais » (l. 28) qu'achète la mère à l'entracte ; et enfin le toucher, non le toucher subtil des mains, mais le frottement rugueux de son dos sur les genoux de ses voisins déjà installés. D'ordinaire absent, le corps de l'enfant participe ici intensément au monde extérieur dans une immersion qui semble totale. L'impression est si forte que le narrateur parle de « désintoxication brusquée » (l. 21-22) quand se rallument les lumières, comme si le cinéma avait le même effet qu'une drogue hallucinogène.

Un monde merveilleux

Bonne fée, comme toujours initiatrice à des joies nouvelles, en bravant les interdits ou le mépris du grand-père, Anne-Marie entraîne son fils dans une caverne enchantée, une « nuit habitée » (l. 7). Les objets s'animent et se métamorphosent, comme le piano qui « hennissait » (l. 4), devenu le cheval dont il accompagne le galop sur l'écran. Les lampes de secours, de couleur violette, ont une forme de fruit (les « poires », l. 5) et deviennent les « bonbons anglais », de même couleur, dont Poulou apprécie le « goût acidulé » (l. 8). C'est l'univers du conte qui apparaît ici. Même la peur panique de la baronne sur l'écran s'évanouit d'un coup, comme dans un rêve interrompu à temps. Avec la lumière la vie revient, victorieuse, à travers le rire des ouvrières. La mort n'est qu'une illusion de lanterne magique.

Poulou poète

Dans sa présence au monde, l'enfant vit concrètement un phénomène décrit par Baudelaire dans son poème « Correspondances » : « Les parfums, les couleurs et les sons se répondent[1] ». C'est la fusion des sensations, ou synesthésie : « L'odeur et les fruits [...] se confondaient en moi » (l. 6-7). Les métaphores se font comestibles : « je mangeais les lampes de secours » (l. 7-8). Devant l'écran, Poulou unit la scène du film aux défauts techniques de la projection pour s'enchanter d'un spectacle aux antipodes du réalisme, une véritable reconstruction poétique. Un trou dans la pellicule donne « un astéroïde en flammes » (l. 14) qui traverse un salon, dans un télescopage de deux éléments que tout oppose. C'est par cet écart maximal entre deux réalités qu'André Breton, s'inspirant de Pierre Reverdy, définit l'image poétique dans son *Manifeste du surréalisme* paru en 1924. C'est ce que vit l'enfant, qui ne s'étonne pas de l'illogisme de ces phénomènes visuels (« il pleuvait toujours, même au gros soleil », l. 13). Comme Alice au pays des merveilles, il est passé, le temps du film, de l'autre côté du miroir.

L'ÉLOGE DE « L'ART ROTURIER »

Au delà de l'anecdote et de sa dimension merveilleuse, d'autres significations se dégagent du texte.

Poésie et phénoménologie

Derrière le récit de la fascination de Poulou se dissimule un Sartre rompu depuis longtemps à l'analyse de l'image, auteur de deux ouvrages sur le sujet, dont le plus accompli reste *L'Imaginaire*

1. Baudelaire, *Les Fleurs du mal*, in *Spleen et Idéal*, édition de 1861 (IV, v. 8).

(1940). Sans entrer dans le détail d'une théorie complexe, il faut savoir que la présence au monde de l'enfant est l'illustration d'une doctrine issue du philosophe allemand Husserl, qui selon Sartre « a réinstallé l'horreur et le charme dans les choses[1] ». Il s'agit de la phénoménologie, et le cinéma – sur lequel Sartre fera son premier discours de distribution des prix au Havre en 1931 devant un public interloqué par cette audace – lui semble l'art phénoménologique par excellence, un art moderne et populaire.

Un narrateur près du peuple

La salle du Panthéon est malpropre, mais elle ne cache rien (les strapontins « laissaient voir, par en dessous, leurs ressorts », l. 24-25). C'est un signe d'authenticité, contre les « ornements » (l. 23) fallacieux des salles plus luxueuses. La description de la médiocrité du décor ne doit pas tromper le lecteur ni, à la dernière ligne, le soulagement qu'éprouve Poulou à retrouver avec les « chapeaux palpitants » (l. 34-35) une présence bourgeoise rassurante. Comme souvent, l'adulte qui écrit son enfance traite avec ironie le petit conformiste qu'il s'accuse d'avoir été. Le contexte ne prête pas à équivoque : dans les lignes qui précèdent, Sartre déclare opposer ce récit de sa découverte du cinéma aux souvenirs des écrivains bourgeois, marqués par « leur première soirée au théâtre » (p. 98). Contre la culture dominante, le cinéma a « des façons populacières » (p. 99). C'est un art « clandestin » (l. 2), comme quand Poulou se glisse dans la salle avec sa mère en trahissant les valeurs du grand-père et de sa classe sociale. Après notre passage, l'argumentation est encore plus explicite. « Dans l'inconfort égalitaire des salles de quartier » (p. 101), Sartre a découvert la foule, « cette présence sans recul de chacun à tous » (p. 101). L'enfant bourgeois a ici l'occasion unique de côtoyer le peuple.

1. *Situations, I*, Gallimard, [1947], repris dans la collection « Folio-Essais » sous le titre *Critiques littéraires*, 1993, p. 32.

Cette promiscuité le fait basculer, comme l'image tremblée du film, dans un autre monde. Contre les « interminables silences pétrifiés » (p. 128) imposés par Charles Schweitzer à ses proches, les spectateurs ici « réinvent[ent] le langage » (l. 27). « Chacun découvrait ses voisins » (l. 30) : contre l'individualisme bourgeois, Sartre fait l'éloge du collectif. En 1960, dans sa *Critique de la raison dialectique*, il analysait ce phénomène du « groupe en fusion », au fort potentiel révolutionnaire. Ne serait-ce que par le code qui unit les images et la musique (« tout le monde comprenait », l. 18), un code qu'ils ont acquis ensemble, les habitués du cinéma sont solidaires. Poulou échappe ainsi à la solitude.

CONCLUSION

Ce passage aux niveaux de signification multiples et à l'écriture travaillée offre un excellent exemple du « style » dont Sartre voulut orner l'écriture des *Mots*. Un conte poétique s'avère en même temps politique, sans refuser au lecteur le plaisir de l'anecdote.

Texte 4 Première partie
(pages 111 et 112)

Sur les terrasses du Luxembourg, des enfants jouaient, je m'approchais d'eux, ils me frôlaient sans me voir, je les regardais avec des yeux de pauvre : comme ils étaient forts et rapides ! comme ils étaient beaux ! Devant ces héros de chair et d'os, je perdais mon intelligence prodigieuse, mon savoir universel, ma musculature athlétique, mon adresse spadassine ; je m'accotais à un arbre, j'attendais. Sur un mot du chef de la bande, brutalement jeté : « Avance, Pardaillan[1], c'est toi qui feras le prisonnier », j'aurais abandonné mes privilèges. Même un rôle muet m'eût comblé ; j'aurais accepté dans l'enthousiasme de faire un blessé sur une civière, un mort. L'occasion ne m'en fut pas donnée : j'avais rencontré mes vrais juges, mes contemporains, mes pairs, et leur indifférence me condamnait. Je n'en revenais pas de me découvrir par eux : ni merveille ni méduse, un gringalet qui n'intéressait personne. Ma mère cachait mal son indignation : cette grande et belle femme s'arrangeait fort bien de ma courte taille, et n'y voyait rien que de naturel : les Schweitzer sont grands et les Sartre petits, je tenais de mon père, voilà tout. Elle aimait que je fusse, à huit ans, resté portatif et d'un maniement aisé : mon format réduit passait à ses yeux pour un premier âge prolongé. Mais, voyant que nul ne m'invitait à jouer, elle poussait l'amour jusqu'à deviner que je risquais de me prendre pour un nain – ce que je ne suis pas tout à fait – et d'en souffrir. Pour me sauver du désespoir elle feignait l'impatience : « Qu'est-ce que tu attends, gros benêt ? Demande-leur s'ils veulent jouer avec toi. » Je secouais la

---

1. Héros d'une série de romans-feuilletons de Michel Zévaco (1860-1918). Une partie du vocabulaire du texte renvoie à ces aventures de cape et d'épée (les « spadassins » sont ceux qui portent cette arme, mais pour de mauvaises causes, comme les « reîtres », soldats brutaux).

tête : j'aurais accepté les besognes les plus basses, je mettais mon orgueil à ne pas les solliciter. Elle désignait des dames qui tricotaient sur des fauteuils de fer : « Veux-tu que je parle à leurs mamans ? » Je la suppliais de n'en rien faire ; elle prenait ma main, nous repartions, nous allions d'arbre en arbre et de groupe en groupe, toujours implorants, toujours exclus. Au crépuscule, je retrouvais mon perchoir, les hauts lieux où soufflait l'esprit, mes songes : je me vengeais de mes déconvenues par six mots d'enfant et le massacre de cent reîtres. N'importe : ça ne tournait pas rond.

INTRODUCTION

Situer le passage

Dans le champ clos de l'appartement familial où sa mère joue du piano, Poulou se dépense sans compter dans des aventures imaginaires dont il est le héros. Mais à l'extérieur de ce lieu protégé, l'enfant est confronté, dans le monde réel, à « une autre vérité » (p. 111), qui n'a rien d'héroïque.

Dégager des axes de lecture

Comme pour l'école ou le cinéma, un récit d'enfance réussi se doit d'évoquer les premiers jeux collectifs, occasion de la découverte de la camaraderie. Sartre met ici en scène Poulou admiratif devant une bande de gamins qui jouent à la guerre dans le jardin du Luxembourg. Mais il ne s'intègre pas au groupe : ce passage raconte un nouvel échec. La présence de la mère, si compréhensive pour son fils, tempère cet échec par un « amour » (l. 23) qui donne au texte une tonalité discrètement pathétique. Reste que la place stratégique du passage, à la fin de « Lire », suggère un sens profond, qui dépasse la simple anecdote touchante.

La déception de l'enfant

Comme l'héroïne du conte d'Andersen « La Petite Fille aux allumettes », qui regarde avec envie une richesse qui lui est refusée, Poulou a « des yeux de pauvre » (l. 3) devant une autre richesse : l'adresse physique des garçons de son âge. Au niveau narratif, le texte raconte une épreuve : l'expérience de l'infériorité. Par rapport à d'autres passages qui évoquent son physique (les boucles coupées, la fin du livre), ce n'est même pas la laideur qui est ici en cause. Ni trop beau, ni trop laid, « ni merveille ni méduse » (l. 15), Poulou est tout simplement transparent aux autres, car il est trop chétif (« un gringalet », l. 15. Le mot désignait autrefois un petit cheval et un maigre comédien des tréteaux de foire). Il n'existe donc pas en dehors du cercle magique et trompeur de sa famille.

Par la technique du point de vue, le lecteur est transporté dans la conscience du petit personnage. Un discours indirect libre (« comme ils étaient forts et rapides ! comme ils étaient beaux ! », l. 3-4) exprime son admiration. Comme dans la bibliothèque du grand-père, il rêve éveillé à des actions qui ne se produiront pas. L'irréel du passé (« j'aurais abandonné », « m'eût comblé », « j'aurais accepté », l. 9, 10) signale ce refuge dans l'imaginaire quand la réalité déçoit. Poulou prête au style direct une réplique au « chef de la bande » (l. 7-8), qui fait intervenir Pardaillan, le héros dans lequel il s'incarne lors de ses cavalcades au son du piano. Il se rêve engagé dans le jeu, c'est-à-dire dans le théâtre de ces gosses. Nous sommes en 1913 (il a « huit ans », l. 20) : ils jouent à la guerre, toute proche. Le désir de participer à cette troupe lui ferait accepter un emploi de figurant de plus en plus secondaire (« le prisonnier », « un blessé », « un mort », l. 9, 11). Mais il reste assez fier pour ne pas les solliciter et il retourne se projeter tout seul dans ses épopées dérisoires (« le massacre de cent reîtres », l. 36-37).

La lucidité de l'adulte

Parallèlement à ce point de vue de l'enfant intervient celui de l'adulte qui se remémore l'épisode. Et, comme souvent dans *Les Mots,* ce narrateur omniscient ne manque pas l'occasion de souligner ses défauts passés.

Il reprend nettement la parole lorsqu'il intervient avec les mots d'un procureur (« mes vrais juges », « me condamnait », l. 12-13, 14), pour aboutir à une définition sans concession de lui-même : « un gringalet qui n'intéressait personne » (l. 15-16). Surtout, il laisse clairement entendre au lecteur que c'est Poulou qui est responsable de son rejet par les autres. Au lieu d'aller vers eux, il reste passif (« j'attendais », l. 7). Il n'écoute pas le conseil de bon sens de sa mère, qui lui suggère justement de faire le premier pas. Explicitement présent par une figure de style qu'il affectionne, ce narrateur-juge souligne par une antithèse le paradoxe de la conduite de Poulou : « j'aurais accepté les besognes les plus basses, je mettais mon orgueil à ne pas les solliciter » (l. 28-29).

L'appartement du sixième étage de la rue Le Goff est enfin qualifié de « perchoir » (l. 34), métaphore qui tourne en dérision ces « hauts lieux » (l. 35) qui servent de décor aux délires d'un enfant réduit à l'état de volatile ridicule.

L'ÉCRITURE DU SENTIMENT

À la différence de la constante satire qui donne à la première partie des *Mots* un ton de férocité joyeuse, ce texte permet toutefois de voir affleurer un registre différent.

Un pathétique discret

Un lexique inhabituel tempère l'ordinaire dureté des rapports de force entre l'adulte et l'enfant. Des mots rares sous la plume de Sartre – et non dévalorisés par l'ironie – apparaissent, qui dénotent toute une série d'affects : « indignation », « aimait », « amour », « souffrir », « désespoir » et « impatience » (l. 16,

20, 23, 25, 26). Le verbe « souffrir » indique un registre précis, celui du pathétique (du grec *pathos*, la souffrance). L'épisode du Luxembourg est encadré par les « yeux de pauvre » (l. 3) au début et l'image touchante, à la fin, du couple de la mère et du fils « toujours implorants, toujours exclus » (l. 33-34). On devine une douleur réelle de l'enfant que l'adulte n'a pas oubliée, malgré la distance temporelle.

La mère, source de tendresse

En fait, ce changement de ton intervient dans le texte surtout avec l'arrivée d'Anne-Marie, bonne fée qui vient sauver à temps son fils du « désespoir » (l. 25). Opposée au « gringalet », « cette grande et belle femme » (l. 16-17) ne le juge pas, ne l'enferme pas dans sa disgrâce physique. Par « amour » elle a l'intuition de sa souffrance : Sartre rend ici hommage à l'instinct maternel. La mère joue une comédie, en feignant « l'impatience » (l. 26), mais au rebours de « la comédie familiale » (p. 78) dont le grand-père est le régisseur néfaste, c'est une comédie positive, au service de la survie de Poulou. On entend sa voix dans les répliques au style direct, avec son affectueux « gros benêt » (l. 26), dénué de toute méchanceté, moins dur que l'étiquette d'orgueilleux que l'adulte s'attribue rétrospectivement. Pas de péché d'orgueil, pour la mère, mais une intime compréhension, qui la pousse à la fin à répondre à la supplication de son fils, qui pourtant n'a pas suivi ses conseils. Un rythme binaire, le pronom de la première personne du pluriel : dans le style, le couple est indissociable comme dans la vie (l. 32). Quelle différence d'avec les autres « mamans » dont la dureté semble suggérée par la figure de la métonymie, avec le « fer » (l. 30) de leurs fauteuils et l'acier des aiguilles de leur tricot !

Même le désir de ne pas voir grandir son fils pour le garder « portatif et d'un maniement aisé » (l. 20-21) est excusé par Sartre au nom de cet « amour », ce mot dont le livre offre si peu d'occurrences.

Ces (bons) sentiments cachent mal cependant l'importance que prend ce passage dans la signification et la structure générales des *Mots*.

Échos philosophiques

Le champ lexical du regard, présent dès le début, renvoie à une réflexion théorique fixée dès 1943 avec *L'Être et le Néant*, et popularisée avec *Huis clos* en 1944. Pour Sartre, le regard des autres constitue notre être, et rarement de façon positive. C'est un des sens de la célèbre formule « l'enfer, c'est les Autres[1] » qui termine la pièce de théâtre. À la limite, ne pas être regardé, c'est ne pas exister. C'est cette expérience du néant que vit ici Poulou, brutalement arraché dans le jardin public au regard valorisant de ses proches et soumis au jugement de ses « pairs » (l. 13), les garçons de son âge.

L'enfant s'enferme aussi, en n'allant pas vers les autres, dans un enfer boudeur, celui de la passivité. Spécialiste de l'imaginaire (c'est le titre d'un ouvrage de 1940), Sartre dénonce ici les risques d'une attitude qui tourne le dos au monde réel.

L'annonce d'une vocation

La place du texte est stratégique. En effet, le texte se situe au seuil de la seconde partie des *Mots*, « Écrire ». Sartre continue son « entreprise de démystification » en suggérant fortement que pour lui cette vocation d'écrivain ne sera embrassée que pour compenser la faiblesse physique de Poulou. Une compensation, au mieux. Au pire une « névrose » (p. 186). L'ordre du texte fait sens. L'idéal romantique de l'inspiration qui visite un artiste élu par le destin ne résiste pas à cette critique. Mauvais génie apparaissant à la suture des deux parties, le grand-père Schweitzer sera le manipulateur de cette « imposture nouvelle » (p. 112).

1. *Huis clos*, Gallimard, coll. « Folio », 1994, p. 93.

Dans « Écrire », Sartre reprendra l'opposition entre l'intellectuel chétif et l'aventurier athlétique, entre Corneille et Pardaillan.

En fait Sartre a sélectionné dans ses souvenirs ce qui arrangeait sa thèse. Nous avons vu qu'au Luxembourg il connaissait un vrai succès auprès de ses « pairs » et de ses « contemporains » (l. 13), avec le théâtre de marionnettes qui attirait de jolies petites filles (→ PROBLÉMATIQUE 8, p. 71). Le lecteur aura compris que l'unité de ton du récit excluait l'image d'un Poulou heureux, réussissant à communiquer en dehors de ses proches. C'eût été compromettre la cohérence d'une attaque en règle contre les mystifications idéalistes de l'enfance bourgeoise.

CONCLUSION

Page émouvante par la souffrance que l'on devine chez l'enfant et par la présence apaisante de la mère, ce passage reste cependant le principal maillon d'un raisonnement, placé à un point stratégique du livre. C'est un bon exemple de la « dictature du sens » dont Philippe Lejeune a si bien montré l'importance dans *Les Mots*[1].

1. Voir bibliographie, p. 125.

Bibliographie

ŒUVRES DE JEAN-PAUL SARTRE

Pour éclairer la lecture des *Mots*, on se reportera, entre autres textes, à :

• « L'Enfance d'un chef », nouvelle publiée en 1939 dans le recueil *Le Mur* (Gallimard) mais disponible isolément en collection « Folio » depuis 2005.

• *Carnets de la drôle de guerre,* nouvelle édition augmentée d'un carnet inédit et annotée par Arlette Elkaïm-Sartre, Gallimard, 1995. Il s'agit du journal que tenait Sartre mobilisé pendant l'hiver 1939-1940. Ce texte est riche de passages autobiographiques qui annoncent – et parfois contredisent – les développements des *Mots.*

ÉTUDES SUR LA VIE DE JEAN-PAUL SARTRE

• Cohen-Solal Annie, *Sartre,* Gallimard, 1985, réédité dans la collection « Folio-Essais ». C'est la biographie la plus fiable, reposant sur des enquêtes originales.

ÉTUDES SUR *LES MOTS* ET LE GENRE DE L'AUTOBIOGRAPHIE

• Lejeune Philippe, « L'ordre du récit dans *Les Mots* de Sartre », in *Le Pacte autobiographique,* Seuil, 1975. Cet ouvrage a été réédité en 1996 dans la collection « Points ».

• Lejeune Philippe, « Sartre et l'autobiographie parlée », in *Je est un autre*, Seuil, 1980.

• Lejeune Philippe, « Les enfances de Sartre », in *Moi aussi*, Seuil, 1986.

• Lejeune Philippe, « Souvenirs de lecture d'enfance de Sartre », in *Lectures de Sartre*, textes réunis et présentés par Claude Burgelin, Presses Universitaires de Lyon, 1986.

ÉTUDES SUR LE GENRE AUTOBIOGRAPHIQUE

• LECARME Jacques et LECARME-TABONE Éliane, *L'Autobiographie*, Armand Colin, 1997.

• OLIVER Annie, *Le Biographique*, Hatier, collection « Profil », 2001.

ÉTUDES SUR *LES MOTS*

• BURGELIN Claude, Les Mots *de Jean-Paul Sartre*, Gallimard, collection « Folliothèque », 1994.

• *Pourquoi et comment Sartre a écrit* Les Mots, études de Jacques Deguy, Geneviève Idt, Jacques Lecarme, Philippe Lejeune, Jean-François Louette, Josette Pacaly, Sandra Teroni. Textes réunis et présentés par Michel Contat, Presses Universitaires de France, collection « Perspectives critiques », deuxième édition, 1997. Cet ouvrage est le fruit des travaux d'une équipe qui a dépouillé les manuscrits du livre dans le cadre de l'Institut des Textes et Manuscrits Modernes du CNRS.

• IDT Geneviève, *« Les Mots »*, in *L'Écriture de soi*, Belin, collection « Belin sup », 1996.

On se reportera aux bibliographies des ouvrages cités pour les références aux nombreux articles dont *Les Mots* ont été l'objet. Un manuel répertoriant les figures de style n'est pas inutile pour l'explication précise de l'écriture de Sartre, comme par exemple le dictionnaire de Bernard Dupriez, *Gradus, Les procédés littéraires*, UGE, collection « 10/18 », 1984.

Index

Guide pour la recherche des idées

L'écriture autobiographique

La famille

L'enfermement de l'enfant

La culture par les livres

La vocation d'écrivain

La société française du début du XXe siècle

Autoportrait de Sartre adulte

Les références renvoient aux pages du Profil.

Bussière à Saint-Amand (Cher), France.
Dépôt légal : juillet 2007.
N° d'édit. : 62468. N° d'imp. : 072446/1.